united p.c.

Gedruckt in der Europäischen Union auf umweltfreundlichem, chlor- und säurefrei gebleichtem Papier.

www.united-pc.eu

Steffi Matusall

Gemütliche Koch- und Backrunde

oder

was sind die Zutaten für ein

glückliches Leben...

... Das etwas andere Kochbuch

Vorwort

Ich schreibe dieses Buch für meine Freundinnen, für meine Familie, für Kochinteressierte und für alle, die gerne in Gesellschaft kulinarisch neue Sachen ausprobieren.

Ich schreibe es auch für meine Tochter, die viele meiner Kochkurse begleitet hat, die diese wahrscheinlich selber inzwischen genauso gestalten könnte, und die immer ein Strahlen in jeden Kochkurs gebracht hat.

Ich schreibe dieses Buch für meinen Sohn, der am liebsten immer nur gekaufte Sachen essen möchte. Alles Selbstgemachte ist für ihn oft komisch. Aber ich hoffe, dass er irgendwann dieses Buch in den Händen hält und ein paar Sachen selber ausprobiert.

Ich schreibe dieses Buch auch für meine wundervolle Schwester, die mir immer ehrlich ihre Meinung sagt zu allen neuen Kreationen. Meine kleine Schwester sowie meine Mutti, die immer regelmäßig zum Kochabend gekommen sind, obwohl ihnen das manchmal gar nicht in ihren Alltag passte. Dafür möchten ich den beiden danken.

Die Idee für unseren Kochkurs entstand mit einer wunderbaren, engagierten Leiterin einer Kindertagesstätte in Rostock. Es war das Ziel, den

Eltern der in der Einrichtung betreuten Kinder eine günstige, aber dennoch gesunde Ernährungsalternative zu zeigen. Gleichzeitig sollte es für die Eltern ein gemütlicher Abend mit neuen Anreizen und tollen Gesprächen werden.

Durch die Subvention der Kindertagesstätte war der Plan relativ schnell geschrieben und die Umsetzung startete im Oktober 2015.

Ich möchte mit diesem Buch allen danken, die mir diese wahnsinnig schöne Möglichkeit gegeben haben, viele Rezepte auszuprobieren und zu variieren... und natürlich für so viele schöne Abende, die wir seitdem verbracht haben.

Eure Steffi

damals 31 Jahren noch niemals mit gesunder Ernährung beschäftigt. Eigentlich hatte ich mich bis dahin mit allem beschäftigt, nur nicht mit dem was mir gefällt oder gut tut.

In diesem Fastenhotel wurden wir konfrontiert mit Kochbüchern der Vollwertkost nach Dr. M. Bruker. Alles Schnickschnack für mich. Warum sollte ich mich besser fühlen, wenn ich keine tierischen Sachen mehr esse und auf Industriezucker verzichte?

Ich studierte in diesen drei traumhaften Tagen sämtliche Kochbücher des Hotels. Ich kaufte mir ein Kinderkochbuch, in dem alle notwendigen Utensilien aufgeführt waren. Ich habe die ganze Zeit im Kopf tausende Gerichte gekocht und fühlte mich durch mein Fasten immer besser. Ich bin so dankbar für diese Tage, denn es war der Start in ein anderes Bewusstsein für das, was wir täglich zu uns nehmen.

Zurück in Rostock wusste ich gar nicht, wo ich anfangen sollte zu erzählen. Mein Mann, mit dem ich gerne und viel kochte, war nicht dort gewesen und konnte mit mir diese Erfahrung teilen. Doch irgendwie begeisterte ich ihn langsam von ein paar Ideen. Wir setzten langsam ein paar Veränderungen durch. Wir mahlten zum Beispiel unser Getreide nun selbst, backten Brot und Knäcke. Wir fühlten uns besser und irgendwie leichter. Unsere Tochter hatte mit Neurodermitis zu kämpfen und je mehr wir vollwertig kochten, desto besser wurde ihre Haut.

Da wir uns nicht sicher waren, ob es nur eine Anfangseuphorie war oder wir tatsächlich langfristig so weitermachen würden, mahlten wir unser Getreide in einer alten Kaffeemühle. Man konnte nur 100 Gramm pro Vorgang mahlen, aber die Investition in eine Getreidemühle war uns einfach noch zu viel Geld für eine Idee, die wir ausprobieren wollten. Das machten wir das ganze nächste Jahr weiter.

Damit keiner weiter überlegen muss, was wir leckeres daraus produzierten, hier die Rezepte dafür:

Sesam Knäcke (1 Blech)

Zutaten:

- *190 gr Mehl*
- *190 gr Wasser*
- *1 TL Salz*
- *35 gr weiche Butter*
- *35 gr Sesam*
-

Zubereitung:

1. alles verrühren und gut zugedeckt 30 min. quellen lassen
2. dann dünn und gleichmäßig auf ein gut gefettetes Backblech streichen
3. Knäckestücke „vorschneiden“
4. bei 170 Grad ca. 15 Min backen

Schnelles Dinkelbrot (1 Laib)

Zutaten:

- *400 gr Mehl (Dinkel, Kamut oder Weizen)*
- *100 gr Buchweizen*
- *500 gr Wasser (lauwarm)*
- *1 TL Salz*
- *Würfel frische Bio Hefe*
- *Sesam, Leinsamen, Sonnenblumenkerne nach Bedarf*

Zubereitung:

1. Hefe in 100 ml lauwarmem Wasser auflösen
2. Mehl mit restlichem Wasser und Saaten sowie Salz vermengen, danach mit Hefewasser verrühren
3. den Teig in eine Kastenform geben und bei 180 Grad 60 Minuten backen.
4. Den Teig nach 10 Minuten im Backofen einmal längs einschneiden, damit das Brot nicht bricht

kluger Ratschlag: Mit Tütenhefe funktioniert das Brot genauso, ist dann natürlich nicht mehr so frisch. Aus dem Teig kann man genauso Brötchen machen, allerdings muss man die Brötchen dann vorher schlagen und die Backzeit verringern.

Kapitel 2

Natürlich gab es viel Gegenwehr von unserer Umwelt. Es gab wenige Menschen, die das Ganze verstanden. Ich besuchte ein paar Kochkurse um alltagstaugliche Rezepte zu finden. Denn es ist ja toll, wenn man für sich entscheidet, keine Wurst mehr zu kaufen. Aber trotzdem gibt es Arbeitsbrote, die trocken nicht schmecken. So besuchte ich zum Beispiel einen Kochkurs, in dem es nur um Aufstriche ging. Ich hörte von Zutaten, deren Existenz ich bis dahin nicht kannte. Ein Beispiel ist Schabzigerklee. Daraus kann man ein zauberhaften Aufstrich machen (siehe Rezept). Ein weiterer genialer Aufstrich ist ein Pflaumenmus. Ganz einfach aus getrockneten Pflaumen herzustellen. Sieht etwas komisch aus, schmeckt aber dafür umso besser. Natürlich war die Anschaffung einiger Zutaten vorerst preisintensiv. Aber schon nach kurzer Zeit sammelte sich ein Vorrat von Utensilien an, die man für verschiedene Sachen probieren konnte. Und so langsam entwickelte sich unsere Küche in ein Getreidekörnerlager der verschiedensten Sorten und eine Kräuterkammer. Fertigtüten und Co. verschwanden gänzlich aus unseren Schränken. Verschiedene Öle kamen hinzu. Es wurde immer schwieriger irgendwo essen zu gehen, denn man wurde sensibler für jede Mahlzeit, die man zu sich nahm. Eigentlich war ich immer jemand, dem man alles vorsetzen konnte. Ich mäkelte nie an Essen herum. Alles schmeckte irgendwie mehr oder weniger gut. Im Nachhinein betrachtet war dieser Weg ein großer Schritt für mich und meine persönliche Entwicklung. Schon als Kind war es normal, die Bedürfnisse anderer zu erfüllen. Ich war gut in der Schule, war aber immer für alle fröhlich und lustig. Ich war grundsätzlich unkompliziert. In der Pubertät hatte ich ein paar kleinere Ausschläge, aber nichts Gravierendes. Auf mich war immer Verlass. Meine beiden Kindergartenfreundinnen durften immer mit mir unterwegs sein, denn Steffi würde den Weg nach Hause finden. Ich war schon immer eine Glucke und hatte ein gewisses Helfersyndrom. Kleinere und Schwächere mussten beschützt werden. Vielleicht fragte ich schon deshalb instinktiv mit vier Jahren dieses kleine neue Mädchen im Kindergarten, ob sie mit uns spielen möchte. Dieses kleine Mädchen kam neu in die Gruppe und kannte niemanden. So nahmen wir, Corinna und ich, sie unter unsere Fittiche. Mittlerweile ist dieses kleine Mädchen fast vierzig Jahre alt. Sie kann schon ganz gut auf sich allein aufpassen, aber wir verbringen immer noch viel Zeit miteinander. Auch Corinna ist nach einer kleinen Abstinenz wieder in unserer Kindergartenrunde. Es ist wahnsinnig schön, immer noch in diesem vertrauten Kreis zusammen zu sein.

Die Entscheidung für eine gesunde Ernährung war mich also nicht nur eine Entscheidung, etwas Neues auszuprobieren, sondern etwas für mich zu tun. Etwas zu tun, was einzig und allein mir gut tut. So war ich voller Elan, neue Sachen auszuprobieren. Ich kochte alle Gerichte von dem besagten Kinderkochbuch durch. Die Kinder integrierte ich soweit es ging. Ich erklärte ihnen, wie und warum wir das machen. Natürlich durften auch Leckereien für die beiden nicht fehlen. So suchte ich etwas Ähnliches wie eine Nougatcreme als Brotaufstrich. Das war gar nicht so einfach wie gedacht. Meine Tochter ist Allergiker und verträgt keine Haselnüsse. Somit probierte ich erst mal eine Schokocreme aus Cashewmus, Butter und Kakao. Sehr lecker, nur leider für meine Tochter auch nicht nicht so empfehlenswert. So endete ich irgendwann bei einer Schokocreme aus gemahlenen Sonnenblumenkernen mit Butter, Kakao und Honig. Diese hat meine Tochter gut vertragen und es gab nun verschiedene Sorten von Schokocreme als Alternativen zum Frühstück. Daneben gab es den leckeren Pflaumenmus. Dazu gab es frische Dinkelbrötchen und selbstgebackenes Knäcke. Das war ein leckeres Frühstück. Wir brauchten kein Brot mehr kaufen, Ganz langsam stellten wir uns um und es wurde einfacher, an den fertigen industriellen Sachen vorbeizugehen.

Pflaumenmus

Zutaten:

getrocknete Pflaumen

für ca. 5 Stunden in Leitungswasser einweichen

– > danach pürieren und mit Zimt würzen

ca.1 Woche im Kühlschrank haltbar

Fruchtmarmelade

Zutaten:

400 gr Früchte
125 gr Honig

1 gehäufter TL Agar Agar

Zubereitung:

→ alles mixen und pürieren

→ aufkochen bis Marmelade lauwarm wird – darf auf keinen Fall kochen!

ca.1 Woche im Kühlschrank haltbar

Kapitel 3

Der erste Kochkurs in der Kita sollte im Oktober 2015 starten. Jetzt hatte ich mich also angeboten, diesen Kochkurs zu gestalten. Doch hatte ich weder die Erfahrung, irgendwelche Kurse zu führen noch war ich Profiköchin. So langsam kamen Zweifel in mir hoch, was ich da wieder spontan und voller Euphorie angeleiert hatte. Aber ich wusste, dass es mir, meiner Familie und anderen aus den von mir besuchten Kochkursen gut tat und deswegen stand ich hinter dem ganzen Projekt. Eine gesunde Ernährung war das A&O für ein glückliches und zufriedenes Leben. Natürlich hilft es nicht gegen alles, aber es ist ein wahnsinnig gutes Fundament.

Unser Kochkurs bekam den Titel „Gesund Kochen" und der erste Flyer wurde erstellt. Auch darin war ich natürlich kein Profi. Ich versuchte mein Bestes. Aber graphisch war er natürlich sehr einfach.

Gemütliche Koch – und Backrunde

Wann ? 17:30 Uhr 20.01.

Wo ? Im Elterntreff

(Unkostenbeitrag in Höhe von 8,00 € für Zutaten , der Rest

kommt dem Kindergarten zu Gute)

Ich freue mich auf ein leckeres Abendessen und einen

Schönen Abend mit euch. Eure Steffi

Wir hängten ihn also in der Kita aus und hofften auf großen Ansturm.

Ich suchte ein paar einfache, aber effektive Rezepte aus meinem Repertoire und kaufte die entsprechenden Zutaten ein. Eine befreundete Kindergartenmutti fand die Idee auch spannend und meldete sich schon mal als meine seelische und moralische Unterstützung an. Letztendlich war ich wahnsinnig aufgeregt vor dem ersten Kochkurs. Ich transportierte meine halbe Kücheneinrichtung in den Kindergarten. Um das Zutatenbudget nicht zu sehr zu strapazieren, kamen auch viele Grundzutaten wie Getreidekörner, Gewürze und Öle von zu Hause mit in die Einrichtung. Die frischen Sachen kaufte ich ein und brachte sie erwartungsvoll in den Kindergarten. Weiter hatte ich gefühlt 100 Bücher über gesunde Ernährung und Rezepte im Schlepptau. Ich war bestens vorbereitet. Nun konnte der Ansturm kommen.

Wir standen nun also zu zweit (die andere Kita-Mutti und ich) in der vorbereiteten Küche. Die Rezepte lagen bereit und wollten zubereitet werden. Unsere Jungs (beide ca. sechs Jahre alt) guckten durch die Tür und fragten, wann denn die Leute kommen. Ja, das fragten wir uns auch. So entschieden wir kurzerhand, mit unseren Jungs zu kochen. Es gesellte sich dann noch kurzfristig eine andere Mutti mit ihrem Sohn dazu. So backten wir

Knäcke und andere Kleinigkeiten in einer Kinder-Mutti-Runde. So war das Ganze nicht geplant, aber es war ein wundervoller Abend. Ein Junge fragte mich, warum wir denn das Knäckebrot backen würden, schließlich würde es dieses doch fertig zu kaufen geben: ein kleiner Schlüsselmoment in meinem Leben. Woher soll ein Kind wissen, dass es Alternativen gibt, wenn die Eltern sie nicht aufzeigen können. Ich bin dem kleinen Zwerg wahnsinnig dankbar für seine Frage.

Dieser Abend ernüchterte mich zwar etwas, aber bestätigte mich auch, dass es der richtige Weg war. Zusammen mit der Kita-Leiterin überlegten wir, was wir ändern könnten um mehr Teilnehmer zu gewinnen. Als erstes änderten wir den Namen in „Gemütliche Koch- und Backrunde“, die Flyer wurden etwas verschönert und die Teilnehmer mussten sich jetzt vorher telefonisch oder per Mail anmelden um eine ungefähre Anzahl im Voraus abschätzen zu können. Der nächste Kochkurs war mit vier erwachsenen Teilnehmern dann schon etwas besser besucht und entsprach mehr meiner Ideologie. Meine Schwester und meine Mutter lud ich auch regelmäßig ein. Auch sie waren skeptisch gegenüber dem Ganzen. Aber sie kamen oft einfach nur mir zuliebe. Das rechne ich ihnen bis heute hoch an. Denn sie werden wahrscheinlich nie ihren Ernährungsstil komplett umstellen, aber auch sie haben daraus ein bisschen was mitgenommen. Und dafür bin ich sehr dankbar.

Im Dezember 2015 gab es dann gar keine Anmeldungen für den Kochkurs. Wir, die Kita-Leiterin und ich, trösteten uns damit, dass alle in den Weihnachtsvorbereitungen stecken und keiner Zeit für gesundes Kochen hat. Im Januar ging es dann fröhlich weiter.

Jetzt hatte auch die Kita-Leiterin sich als Teilnehmerin angemeldet und beim Kollegium ein bisschen Werbung gemacht. Wir bereiten zum Beispiel einen leckeren Flammkuchen zu. Ich war vor dem Kurs natürlich noch aufgeregt, aber das legte sich, sobald ich mit allen am Schnippeln, Vorbereiten und Kochen war.

Hier ein paar Rezepte aus dem Kochkurs vom Januar 2016

Rote Bete-Rucola-Kohlrabi-Salat mit Walnüssen

Zutaten:

ca. 4 Portionen
2 handvoll Rucola (ca. 80 g)

1 Kohlrabi

1 Zucchini

1 Zwiebel
1 mittelgroße oder 2 kleine (ca. 200 g) Birne(n), in kleine Würfel geschnitten
1 mittlere (ca. 150 g) Rote Beete, fein geraspelt
ca. 30 g Walnüsse, grob gehackt

Dressing

5 EL kalt gepresstes Olivenöl
2 EL Apfel-Essig
1 Prise Salz
1 Prise Pfeffer

Senf , Honig

Zubereitung:

1. Den Rucola waschen und nicht so schöne, welke Blätter aussortieren. Den Rucola klein schneiden bzw. rupfen. In eine Schüssel geben oder auf Tellern verteilen.
2. Die Birne waschen und mit Schale in kleine Würfel schneiden. Zum Rucola geben.
3. Die Rote Bete waschen und schälen, dann fein raspeln. Kohlrabi und Zucchini ebenfalls raspeln. In einer großen Schüssel miteinander vermengen.
4. Das Dressing über den Salat geben.
5. Die Walnüsse grob hacken und über den Salat streuen.

Rezept für 1 Blech Flammkuchen

Zutaten:

Teig

250 g Dinkel-Vollkornmehl, frisch gemahlen
50 ml lauwarmes Wasser, zum Auflösen der Hefe
1/4 Stück Hefe (ca. 10g)
100 – 125 ml lauwarmes Wasser
1 TL Salz
1 TL Obstessig (z. B. Apfelessig)
1 EL Olivenöl

Creme

200 g Schmand oder saure Sahne
1 TL Senf, ungezuckert
1 großzügige Prise Salz
Pfeffer

Belag

1-2 Tomaten, je nach Größe in dünne Spalten schneiden
1 kleine Süßkartoffel
2 TL Honig
1 Paprika (Farbe nach Geschmack)
2 mittlere Zwiebeln, in Ringe geschnitten

Pizzabutter

Zutaten:

1 mittelgroße Zwiebel, fein gehackt
1 Knoblauchzehe, fein gehackt
190 g Butter
250 g Möhren, fein geraspelt
150 g Tomatenmark, einfach konzentriert
1 TL Salz
1 TL Kräuter der Provence, getrocknet (Oregano, Thymian, Basilikum, Rosmarin, Lavendel)
Pfeffer

Zubereitung:

1. 40 g Butter in einem Topf erhitzen. Zwiebeln und Knoblauch darin anbraten. Die Möhren hinzufügen und kurz mitdünsten.
2. Topf vom Herd nehmen und das Gemüse mit dem Pürierstab zerkleinern.
3. Tomatenmark, Salz, Kräuter in den Topf geben und bei mittlerer Hitze für ein paar Minuten köcheln lassen.
4. Topf vom Herd nehmen und die restliche Butter (150 g) verrühren, bis diese komplett aufgelöst ist.
5. In eine Schüssel umfüllen und abkühlen lassen.

Kapitel 4

Wie verlief so ein Kochkurs? Der Termin war immer der erste Freitag im Monat. So konnte jeder diesen Abend fest einplanen und hatte nach hinten raus Luft, sodass keiner auf die Uhr gucken musste, weil er nächsten Tag wieder früh hoch musste.

Jeden Monat gab es ein Thema, wie z.B. Suppen, Frühstück, sommerlich leichte Küche oder passend zur Jahreszeit einfach ein Grillabend.

Ich suchte Rezepte aus meiner mittlerweile immer größer werdenden Sammlung. Ich suchte neue Rezepte, die ich vorher ausprobierte und ein Rezept war immer ein neues Rezept, welches auch ich nicht kannte. So entstanden immer 5–6 Rezepte pro Abend. Alle sollten relativ einfach vorbereitet werden können, denn nur was alltagstauglich ist, konnte von den Teilnehmern auch zu Hause weiter genutzt werden.

Wenn die Rezepte gefunden waren, galt es eine Einkaufsliste zu erstellen. Dabei war wichtig, welche Grundzutaten mittlerweile im Kindergarten vorhanden waren. Bei der Auswahl der Rezepte achtete ich auch stets darauf, wenige ausgefallene Zutaten zu verwenden. Denn nichts ist schlimmer als wenn man Zutaten extra kauft und dann ewig die Reste stehen hat und nicht weiß, wofür man sie verwenden soll.

Ein Beispiel für meine Einkaufsliste habe ich hier mal beigefügt.

Einkaufsliste

- 750 g Bio-Butter Alsan
- 3 Zwiebel
- 2 Knoblauchzehe
- 1 Bund gemischter Käuter, gehackt
- 1/2 TL Kräutersalz
- 1 EL Zitronensaft
- 1 Bund Zitronenmelisse, frisch gehackt
- 3 Zitronen
- 200 gr Erdmandelmehl
- 2 Päckchen Backpulver
- 100 ml Öl
- 2 Eier
- 2 Bananen
- 1 geriebener Apfel
- Zimt, Nüsse, Rosinen
- 200 g Buchweizenmehl
- 100 g Hanfmehl
- Leinsamenmehl
- Sonnenblumenkerne

- 1 TL Gelbwurz (Curcuma)
- 1½ - 1 TL naturbelassenes Salz
- Hefewürfel
- Olivenöl
- 700 g Dinkelmehl
- 70 ml Hafermilch
- 1 EL Kokosöl
- 1 EL Kokosblütenzucker
- 200 g Kichererbsenmehl
- 2 mittelgrosse Tomaten - klein geschnitten
- 1 mittelgrosse grüne Paprikaschote - klein gewürfelt
- 1 TL frischen Ingwer - fein gerieben
- 1/4 TL Hing (Asafödita)
- 3/4 TL Curcuma
- 1 TL Koriander - gemahlen
- 1 TL Kreuzkümmel
- 1 TL Chili
- 40 g goldene Leinsamen, fein gemahlen

  60 g Sonnenblumenkerne

  60 g Sesam

  40 g Hanfsamen

  100 g Quinoa, frisch zu Mehl gemahlen

  40 ml kalt gepresstes Olivenöl

Der Einkauf für den Abend war dann relativ schnell erledigt. Ich versuchte, bei jedem Einkauf regional und bio zu kaufen. Allerdings kaufte ich auch stets viele gute Sachen beim Discounter.

Wenn alle Zutaten beschafft waren, ging es an die Utensilienvorbereitung. Welche „Werkzeuge" brauchten wir? Der Kindergarten hatte zwar eine gut eingerichtete Küche im Elterntreff, welchen wir für unsere Kochabende nutzten, doch fehlte es hier oft an Kleinigkeiten, die ich vorher nicht bemerkte. Zum Beispiel fehlte am Anfang eine Küchenwaage oder kleine Schälmesser.

So packte ich am Abend davor stets meine halbe Küche zusammen. Inzwischen hatten wir auch eine ordentliche Getreidemühle, die nicht gerade handlich war. Aber trotzdem wanderte Sie wieder in die Kochkurstransporttasche. Außerdem war immer eine gute Reibe von Vorteil, verschiedene Messer und bestimmte Gewürze transportierte ich hin und her. Meine eigenen Küchenregale waren einfach mittlerweile besser ausgestattet als die Kita-Küche.

Spätestens eine Stunde vor Start schlug ich meist in der Kita auf. Ich sortierte meine Zutaten, legte die Utensilien bereit, rollte für jeden die heutigen Rezepte zusammen und band sie mit einer Schleife zusammen. Ich deckte den Tisch bereits ein. Die Rezeptröllchen positionierte ich auf jedem

Platz. So wusste keiner, was es heute gab, doch jeder hatte alle Rezepte zum Mitnehmen für zu Hause. Mehr oder weniger pünktlich um halb sechs erschienen dann alle angemeldeten Köche und Köchinnen. Meistens gab es ein kleines Begrüßungsgetränk. Das konnte einfach ein heißes Ingwerwasser mit frischer Melisse sein oder auch mal eine Kurkumalimonade in der wärmeren Jahreszeit.

Kurkuma-Limonade

Zutaten:

ca. 15 g frische Kurkumawurzel oder 1 TL gemahlene Kurkuma
1 ca. 1,5 cm langes Stück frischen Ingwer oder 2 TL gemahlenen Ingwer
400 ml kochendes Wasser
2 EL Honig
1 große Orange

Zubereitung:

Die Kurkuma- und Ingwerstücke waschen und feinreiben, ggf. fein würfeln

1. Kurkuma und Ingwer in einen Topf geben. Mit 400 ml kochendem Wasser übergießen und für mindestens 10 Minuten ziehen lassen.
2. Honig hinzufügen und gut verrühren. Das Wasser sollte noch lauwarm sein, damit sich der Honig gut darin auflöst.
3. Durch ein Sieb in ein anderes Gefäß gießen und abkühlen lassen.
4. Anschließend den frisch gepressten Saft einer Orange hinzugeben.
5. Vorm Trinken mit Mineralwasser mit Kohlensäure oder Leitungswasser ca. 1:1 verdünnen

Zunächst erzählte ich stets ein paar Worte über gesunde Ernährung, wie diese mein Leben beeinflusst hat und dass es immer Alternativen für Allergiker und sonstiges gibt, solange man kreativ bleibt. Meine Begrüßungsrede wurde über die Jahre immer kürzer, da viele Teilnehmer nun schon regelmäßig kamen. Meine Mutter und meine Schwester kamen mittlerweile auch nicht mehr, um die Anzahl der Teilnehmer zu füllen, sondern weil sie es interessant fanden und einen schönen Abend verbringen wollten.

Nach der Begrüßung stellte ich die heutigen Rezepte vor und verteilte sie meistens an Zweier-Grüppchen. Auch das war im Nachhinein betrachtet sehr spannend und führte zu angeregten Kennenlern-Gesprächen während des Schnippelns.

Grundsätzlich plante ich die Vorbereitungen immer so, dass alle Rezepte ähnlich zeitgleich fertig waren und wir dann in großer Runde alles zusammen auf unserer Tafel präsentieren und gemeinsam speisen konnten.

Meistens war zwischen sieben und halb acht das Essen komplett fertig und wir konnten gemeinsam den restlichen Abend genießen. Wir saßen oft bei schönen Gesprächen über Essen und allerhand anderen Themen gemütlich beisammen. Danach begann das gemeinschaftliche Aufräumen und Abwaschen, wofür ich jedes Mal dankbar war. Die Reste wurden dann verteilt um Kostproben an die

Daheimgebliebenen zu verteilen. Ich packte auch dann meine Transporttasche für Zuhause und freute mich jedes Mal über einen gelungenen Abend.

Kapitel 5

Im Februar 2016 sollte sich mein Leben noch einmal etwas verändern. Ich flog mit meiner Mutter für vier Wochen in eine ayurvedische Klinik nach Indien. Beide mit ein paar Beschwerden im Gepäck waren wir erwartungsvoll und auch ängstlich, was uns erwartet. Ohne ins Detail zu gehen, waren diese vier Wochen für mich genauso lebensverändernd wie der Fastenurlaub in Prerow in 2012. Es war ein weiterer großer Schritt für mich. Die Organisation des Ganzen war natürlich schon im Vorfeld nicht ohne. Ich hatte zwei mehr oder weniger kleine Kinder und ließ meinen Mann und die beiden Kleinen für Wochen alleine. Das passte natürlich nicht. Finanziell passte es ebenso wenig. Aber ich tat es. Und ich bin so dankbar für diese Erfahrung, für jedes Gespräch, welches ich dort geführt habe und für jede Erinnerung, die ich hoffentlich niemals in meinem Leben vergessen werde.

Die Ayurveda ist eine alte natürliche Medizin. Es

werden keine Symptome behandelt, sondern jedes Individuum ganzheitlich betrachtet. Aus Komplexitätsgründen werde ich darauf verzichten, die genauen Ursprünge und Ideologien der Ayurveda hier zu erläutern. Kurz gefasst spielt die gesunde Ernährung eine große Rolle. So haben wir die erste Woche dort komplett mit einer Entgiftung verbracht. Wir tranken nur warmes ayurvedisches Wasser. Selbst das Trinken von Tee war dort nicht erlaubt. Die ersten drei Tage waren für mich und meine Mutti die Hölle. Wir flogen nach Amnabad, wo uns am Flughafen unser Transfer-Auto nach Nadjad erwartete. Nach 36-stündiger bisheriger Reisedauer wollte ich einfach nur noch schlafen im Auto auf dem Weg zur Klinik. Doch daran war nicht zu denken. Die Vielzahl der ungeordneten Verkehrsteilnehmer, das laute Hupen, das Fahren mit zwei bis vier Personen auf einem Moped, die Häuser, die keine Fenster haben, sondern torgroße offene Fassaden; Kinder, die auf Gitterbetten spielen, auf denen sie abends schlafen, kleine zusammengeschusterte Hütten, die in Europa nicht mal Kinder zum Spielen haben wollten, wurden dort als Behausung genutzt. Und immer wieder diese Lautstärke und dieser Geruch! Ich wusste vorher, dass Indien anders sein würde. Aber diese Eindrücke waren überwältigend und mit nichts vergleichbar, was ich jemals erlebt habe.

Ohne auch nur einmal die Augen geschlossen zu haben, kamen wir nach über zwei Stunden Fahrt in

Nadjad an. Prof. Dr. Shan begrüßte uns und ließ uns auf unser Zimmer bringen. Später erfuhren wir, dass alle Europäer ein DELUXE-Zimmer hatten. Es war ein langer offener Außenflur, von dem diese abgingen. Alle bereits Anwesenden saßen an kleinen Tischen vor ihren jeweiligen Zimmern. Wir betraten unser Zimmer und wussten nicht, was wir sagen sollten. In europäischen Worten ausgedrückt, war es ein Zimmer mit zwei Metallbetten, welches stark renovierungsbedürftig war. Ein Metallwandschrank diente zur Beherbergung der mitgebrachten Kleidung. Meine Mutti und ich saßen uns gegenüber und weinten. Diese lange Reise, diese Eindrücke und jetzt dieses Zimmer waren einfach zu viel gewesen. Der Blick ins Bad machte das Ganze nicht besser. Ein kniehohes Rohr an der Wand war die Duschvorrichtung. Ein Eimer und Messbecher waren die entsprechenden Duschutensilien. Das war die Badezimmerausstattung. Ab diesem Jahr gab es erstmalig auch Toilettenpapier in den europäischen Zimmern, wie wir später erfahren haben.

Nach dem ersten Schock setzten wir uns wie alle anderen vor unsere Tür auf den Flur. Wir bekamen unseren Kanister warmes Wasser und warteten auf das, was kam. So nach und nach kamen wir mit den anderen Europäern ins Gespräch. Sie kamen von überall her. Es gab jemanden aus der Schweiz, aus Österreich, der Rest war größtenteils deutsch. Insgesamt waren es insgesamt vielleicht 10-12 Europäer auf diesem Flur. Das Krankenhausgelände insgesamt war nicht sehr groß. Es gab keinen Park, kaum eine Möglichkeit zum bewegen. Es gab noch einmal den gleichen Flur wie den für die Europäer, eine Etage tiefer - für die besser situierten Inder. Dann gab es zwei große Patientensäle. Diese waren jeweils mit ca. 30-50 Frauen bzw. Männern belegt. Jedes Bett stand ca. 50 cm entfernt vom nächsten. Von Privatsphäre keine Spur. Viele Patienten wurden von Familienangehörigen begleitet, die nachts in den den Gängen des Krankenhauses schliefen. Denn hier gab es kein Pflegepersonal, welches Kranken beim Essen half oder bei sonstigen alltäglichen Verrichtungen, wenn sie diese nicht alleine bewältigen konnten.

Nach einem auf Englisch gehaltenen Anamnesegespräch ging es los. Oder auch nicht. Wir haben eine Woche lang nichts gegessen und unsere Entgiftung begann mit Ghee. Wir fühlten uns träge und schlecht. Das psychische Wohlbefinden ließ ebenfalls zu wünschen übrig. Der einzige Lichtblick war das Dach des Krankenhauses. Es war nicht schön. Aber es war ein Ort, an dem man etwas Ruhe hatte oder allein sein konnte. Es war keine Ruhe in dem Sinn, wie man sich das bei uns in Deutschland vorstellt. Denn das Krankenhaus lag mitten im Stadtzentrum. Lautes Fahrzeuggehupe und Krach von allen Seiten. Auch komische Gerüche gehörten zur Tagesordnung. Es war auch nicht nur der seltsame, fremde Geruch, der mich anfangs wirklich belastet hat. Es war auch stickig und eine klare saubere Luft gab es nicht. Aber trotzdem war die Welt auf dem Dach irgendwie friedlich. Eine einfache Decke auf dem dreckigen Beton platziert und einfach nur in der Sonne liegen. Das war mein Himmel für die nächste Zeit. Zum Anfang hörte ich viele Hörbücher um alles um mich herum zu vergessen. Manchmal schrieb ich Tagebuch. Manchmal ging ich mit einem Mitpatienten zusammen auf's Dach und wir spielten uns gegenseitig Lieder von unseren MP3 Playern vor. Fränkel, ich danke dir für unsere tollen Gespräche. Ohne dich wäre es alles noch viel schwerer gewesen.

Die Gespräche waren insgesamt das Wichtigste dort. Viele hatten verschiedene Leidenswege hinter sich bis sie den Weg nach Nadjad gefunden hatten. Einige waren auch schon mehrmals dort gewesen. Aber alle hatten die Hoffnung und den Optimismus, dass sich etwas verbessert durch ihren Aufenthalt.

Ein wichtiger Inhalt des Aufenthaltes war die therapeutische Langeweile. Das war das wohl Härteste für mich. Ich hatte nie in meinem Leben Langeweile. Ich habe mich immer beschäftigt, abgelenkt oder einfach nur berieseln lassen. Diese Langeweile mochte ich nicht, konnte sie auch wirklich sehr schwer ertragen. Aber sie war letztendlich gar nicht so schlimm. Ich habe sie überlebt. Und manchmal suche ich sie auch heute noch. Denn sie tut mir wahnsinnig gut. Nach einer Woche durften wir wieder normal essen. Ich hatte Diätkost bestellt, da ich ja gern ein paar Kilo verlieren wollte. Mutti durfte normal essen.

Da sind wir also beim ayurvedischen Essen. Zum Frühstück gab es einen Esslöffel Czawambrash mit ca. 100 ml heißer Büffelmilch. Die freundlichen Männer, die es morgens verteilten, waren so geizig damit als wenn sie Gold verteilten. Dass es wirklich wahres Gold ist, haben wir erst später verstanden. Dieses vorerst sonderbare Frühstück gab es jeden Morgen gegen sieben Uhr. Davor machten wir Yoga. Das nächste Essen gab es gegen halb zwölf. Mein Magen meldete sich regelmäßig gegen zehn Uhr. Denn obwohl wir uns nicht wirklich körperlich anstrengten, wollte mein Magen etwas zu arbeiten haben. Warmes Wasser zwischendurch war immer meine Rettung. Es füllte meinen Magen und half auch gegen die Langeweile. Mittags gab es dann warmes Gemüse. Gemüsesorten, die ich vorher noch nie gesehen hatte, wurden auf großen Blechtellern portioniert. Die Diätnahrung sah leider keine Kohlenhydrate oder Salz vor. Daher bekam ich weder Reis noch Chapatis (indische Weizenfladen). Manchmal hat Mutti heimlich ihren Chapati mit mir geteilt, weil ich einfach so Hunger hatte. Ich war ihr so dankbar dafür! Das Essen war jeden Tag ein Highlight. Ich konnte es manchmal nicht identifizieren. Aber es war immer frisch zubereitet, natürlich rein pflanzlich und mit ungewohnten, aber dennoch schmackhaften, Gewürzen versehen. Jeden Abend schlichen wir uns bei unserem abendlichen Spaziergang an der Küche vorbei um zu erkunden, was es wohl nächsten Tag geben könnte. Die Küche glich natürlich keiner gewöhnlichen europäischen Küche. Es handelte sich eher um eine Art Lagerraum für große Säcke mit Möhren, Kartoffeln in Größe eines Kinderkopfes und manchmal auch Undefinierbarem. Es gab natürlich eine Kochstelle. Aber auch diese war sehr einfach gehalten.

So begannen wir also, neue Zutaten kennen zu lernen. Mein persönlicher Favorit waren Mungobohnen. Diese gab es jeden Tag in einer Suppe verarbeitet. Natürlich konnte ich diese irgendwann nicht mehr sehen. Doch das war auch das Erste, was ich zurück in Deutschland nachgekocht habe. Nach wirklich langen vier Wochen, einigen Hiobsbotschaften aus Deutschland, einigen Heimwehtränen und vielen wunderbaren Gesprächen reisten wir am 29. Februar 2016 von 35 Grad Wärme ins 10 Grad kalte Deutschland zurück. Die Rückfahrt begann mit dem zweistündigen Transfer zum Flughafen. Abends um 23 Uhr wurden wir abgeholt. Eine dunkle ängstliche Fahrt zum Flughafen begann.

Mit einem fremden Fahrer nachts durch Indien zu fahren, sowie Menschenmassen, die das Auto anhielten, um zwei blonde Frauen anzustarren, waren der krönende Abschluss dieser Reise. Das erste Mal in meinem Leben fragte ich mich wie lange es der Körper schafft, diesen erhöhten Puls auszuhalten. Am Flughafen angekommen, waren wir einfach nur selig, dass unser Fahrer uns wirklich einfach dahin gebracht hat, wo er uns hinbringen sollte.

Von da an klappte alles ganz gut. Wir landeten mit etwas Verspätung am Hamburger Flughafen. Die Kinder, Jens und Marie empfingen uns und es war einer der glücklichsten Momente in meinem Leben. Ich hatte mir die letzten Tage diesen Moment so oft vorgestellt, da ich sie unendlich vermisst hatte. Ich war einfach nur noch glücklich. Natürlich sah ich auch super aus. Ich hatte knapp 13 kg weniger auf den Rippen, war sonnengebräunt und einfach tiefenentspannt. Nichts, wirklich gar nichts, konnte mich aus der Ruhe bringen. Auch unter anderem ein Ergebnis der therapeutischen Langeweile.

Langsam gewöhnte ich mich wieder an die deutsche Zivilisation. Aber vor allem genoss ich die frische Luft. Ich kann bis heute nicht genau sagen, was in Nadjad so komisch gerochen hat oder woher diese stickige Luft kam. Aber ich hatte endlich das Gefühl, wieder atmen zu können.

Kapitel 6

Von nun an gab es also nicht nur vollwertige Kost im Kochkurs, sondern die Ayurvedische Küche zog mit ein. Eine Mungobohnensuppe hätten wahrscheinlich viele nicht verkraftet, daher begann ich mit Gewürzen, die ich in unsere Gerichte integrierte. So wurden in Nadjad viele Sachen mit Kurkuma behandelt. Dies in einem gewöhnlichen Gericht zu verwenden war relativ einfach. So war der nächste Kochkurs zumindest etwas indisch beeinflusst.

Außerdem kamen zu meinen Büchern auch ein ayurvedisches Kochbuch dazu.

Als erstes probierten wir gemeinsam den arabischen Kartoffelsalat:

Scharfer arabischer Kartoffelsalat

Zutaten:

800 g festkochende Kartoffeln
4 EL Olivenöl
1 Zwiebel, in feine Streifen geschnitten
1/2 TL gemahlener Koriander
1 TL gemahlene Kurkuma
ca. 1/2 – 1 TL Pul Biber/ ersatzweise Chili
ca. 1 TL Salz
Pfeffer
Optional: Saft von 1 Limette

Zubereitung:

1. Pellkartoffeln zubereiten: Dazu Kartoffeln gründlich waschen. Die Kartoffeln in einen großen Topf geben und mit Wasser bedecken. Das Wasser zum Kochen bringen und klein stellen. Die Pellkartoffeln ca. 20 Minuten mit geschlossenen Deckel weich garen.
2. Die Kartoffeln pellen und in grobe Stücke schneiden.
3. In einer großen PfLisa das Olivenöl erhitzen. Zwiebelstreifen, Koriander, Kurkuma und Pul Biber (lieber erstmal nur einen 1/2 TL nehmen, wenn der Salat nicht zu scharf werden soll) hinzugeben und kurz anbraten. Die Hitze reduzieren, die Kartoffeln dazugeben und für ein paar Minuten mitbraten.
4. Die Kartoffeln abkühlen lassen.
5. Vor dem Servieren mit Salz und Pfeffer abschmecken.
6. Wer mag, kann noch Limettensaft nach Geschmack unterrühren.

Kapitel 7

Dieser etwas außergewöhnliche Kartoffelsalat fand auch einen Platz an unserem ersten gemeinsamen Grillabend. Denn gesunde Ernährung hin oder her. Wenn im Sommer der leckere Grillgeruch vom Nachbarn herüberkommt, muss man schon ein paar Rezepte auf Vorrat haben, damit nicht wieder nur Fleisch auf dem Grill liegt. So war Kreativität gefragt. Ich sammelte Ideen und wurde mit leckeren Geschmacksexplosionen belohnt. So fand am 24.06.16 unser erster Grill-Kochabend statt. Eine ehemalige Kollegin aus Hamburg samt Ehemann hatte sich sogar angekündigt. Tatkräftige Unterstützung am Grill erhielten wir von Jens und einem lieben Freund. Mit voller Besetzung starteten wir voller Elan. Wir schnippelten Pilze, zauberten Polentatäschchen und füllten Tomaten für den Grill. An einem späteren Grillabend bereiteten wir noch Süßkartoffeln in der Glut. Außerdem gab es leckere Grillbananen, wahlweise mit Kokos oder Curry. Einfach nur empfehlenswert! Hier also erstmal ein kleiner Auszug aus unseren Grillexperimenten:

Pilzpäckchen

Zutaten:

400 gr Champignons

150 gr Butter

2 TL Zitronensaft

2 Knoblauchzehen

Meersalz

frische Kräuter

Wirsingkohl

Zubereitung:

→ Pilze putzen und in Scheiben schneiden

→ Butter weich rühren

→ Zitronensaft, Knoblauch, Salz und Kräuter mit Butter vermengen

→ Pilze auf den Blättern verteilen

→ Kräuterbutter dazugeben

→ Blätterränder übereinander klappen und mit Garn verschnüren

→ dann 8-10 min grillen

Gegrillte Polenta - Schoten

Zutaten (für 10 Portionen) :

10 kleine Spitzpaprika

400 ml Gemüsebrühe

100 gr Polentagrieß

50 gr frisch geriebener Parmesan

1 EL Butter

Salz, Pfeffer

Zubereitung:

Die Spitzpaprika in reichlich kochendem Salzwasser ca. 7-8 Minuten blanchieren. In ein Sieb abgießen und etwas abkühlen lassen.

In der Zwischenzeit die Brühe zum Kochen bringen, Herd auf niedrige Stufe zurückschalten und den Polentagrieß unter ständigem Rühren langsam einrieseln lassen. Unter häufigem Rühren die Polenta ca. 8-10 Minuten quellen lassen. Zum Schluss Butter und Parmesan unterrühren. Mit Pfeffer und Salz abschmecken.

Von den Paprika oben einen Deckel abschneiden und die Schoten entkernen.

Polenta in einen Spritzbeutel mit Loch füllen und in die Paprika spritzen.
Paprikaschoten mit Olivenöl einpinseln und mit Kräutern der Provence würzen.

Die Schoten grillen bis die Haut anfängt, goldbraun zu werden.

Ratatouillespieße mit Olivensauce

Zutaten:

Spieße: 1 Bund dicke Frühlingszwiebeln

1 Aubergine

1 Zucchini

1 rote und gelbe Paprikaschote

1 TL gehackte Rosmarinnadeln

Olivenöl / Salz / Pfeffer / Spieße

Sauce: 1 Knoblauchzehen

1 EL schwarze Oliven o. Stein

1 EL Olivenöl

1 EL Traubensaft

Salz / Pfeffer / Honig / Chili

Zubereitung:

Sauce:

Knoblauch schälen und hacken, Oliven und Tomaten würfeln

Knoblauch mit Chili andünsten und danach mit Traubensaft ablöschen

- > Tomaten hinzugeben
- bei schwacher Hitze 10- 15 Min. köcheln – > pürieren - > Oliven unterrühren
- mit Salz und Pfeffer abschmecken

Zubereitung Spieße:

Gemüse in große Würfel schneiden

alles in einer Schüssel mit Öl und Rosmarin mischen

→ Holzspieße wässern und bestücken

→ dann 8-10 min grillen

Tomaten mit Schafskäsefüllung

Zutaten:

10 Tomaten

200 gr Schafskäse

1 Bund Ruccola

Basilikum

Petersilie

Oliven

Olivenöl

Salz + Pfeffer

Zubereitung:

→ von Tomaten einen Deckel abschneiden und aushöhlen

→ Inneres in kleine Würfel schneiden

→ Schafskäse klein schneiden und mit Kräutern vermengen

----> Würzen mit Salz und Pfeffer

→ Mischung in Tomaten füllen

→ Tomaten mit Öl bepinseln

→ getrennt Deckel und Tomaten ca zehn Minuten grillen

Rucola-Creme

Zutaten:

(Anstatt Rucola kann auch Bärlauch verwendet werden)

Zutaten

2 Becher Creme Fraiche

250 gr Rucola

1 Bund Lauchzwiebeln

1 Knoblauchzehe

Salz und Pfeffer

Zubereitung:

1. Lauchzwiebeln, Rucola und Knoblauch schneiden
2. Alles vermengen und würzen.

Currybananen

Zutaten:

6 Bananen

Curry

Butter

Honig

Zubereitung:

1. Bananen ungeschält grillen bis sie platzen
2. Risse vorsichtig vergrößern
3. Butterflöckchen hinzugeben und mit Curry würzen → evtl. mit etwas Honig süßen

Indische Bananen

Zutaten:

6 Bananen

2 EL Kokosflocken

1 EL gehackte Mandeln

1 TL Honig

1 TL Currypulver

TL Ingwerpulver

Zubereitung:

1. Bananen grillen, bis die Schale schwarz wird
2. restlichen Zutaten vermischen und gegrillte Bananen damit bestreichen

Tomatenbutter

Zutaten:

100 gr Butter

2 EL Tomatenmark

1 Schalotte

Pfeffer Salz Basilikum

Zubereitung:

1. Butter weich rühren – Tomatenmark zugeben
2. Schalotte schälen und fein hacken und unterrühren
3. mit Pfeffer, Salz und Basilikum abschmecken

Schalottenbutter

Zutaten:

100 gr Butter

2 EL Apfelessig

½ Tasse Wasser

1 Lorbeerblatt

1 Prise Thymian

3 Schalotte

Salz

Zubereitung:

1. Schalotten schälen und fein hacken
2. Wasser und Essig zum Kochen bringen
3. Schalotten, Thymian und Lorbeer darin köcheln lassen bis Flüssigkeit verdampft ist
4. etwas abkühlen lassen und mit Butter vermischen
5. mit Salz abschmecken

Kapitel 8

Nach dem Sommer kommt der Herbst. Im Herbst wurde es langsam kälter und die Lust nach Salaten und Ungekochtem nimmt ab. Deswegen wurde es höchste Zeit für einen Abend mit leckeren schmackhaften Suppen. Eigentlich mochte ich nie wirklich Suppen. Eintöpfe waren mir zu dünn. Mittlerweile weiß ich, dass mir einfach dieses Gefühl fehlte, etwas zu beißen zu haben. So war Kreativität gefragt. Für die Zubereitung einer guten Suppe ist ein Pürierstab unabdingbar.

Hier einmal eine Suppe, die immer gut ankam und auch von vielen bereits mehrfach nach gekocht wurde. Außerdem lässt sie sich hervorragend vorbereiten und mitbringen. Durch ihre Reichhaltigkeit macht sie auch die hungrigsten Männer satt. Und bei allem bleibt sie trotzdem gesund.

Kartoffel-Sellerie-Suppe mit gebratenen Champignons und Kresse

Zutaten:

1 Zwiebel

1 Knoblauchzehe

0,8 kg mehligkochende Kartoffeln

Knollensellerie (ca. 350 g)

Olivenöl zum Anbraten

1 l Gemüsebrühe

200 ml Sahne

ca. 1 TL Meersalz

Pfeffer

frische geriebene Muskatnuss

Für die Garnitur

500 g frische Champignons

1 Schälchen Kresse

Zubereitung:

1. Zwiebel und Knoblauch schälen und fein würfeln. Kartoffeln und Sellerie waschen, schälen und in kleine Stücke schneiden.
2. Zwiebel und Knoblauch in einem großen Topf in etwas Olivenöl andünsten. Kartoffeln und Sellerie hinzufügen und kurz mitdünsten. Mit der Gemüsebrühe auffüllen. Aufkochen und bei mittlerer Hitze ca. 20 Minuten köcheln lassen, bis Kartoffeln und Sellerie weich sind.
3. Die Sahne unterrühren. Den Topf vom Herd nehmen und die Suppe schön fein pürieren. Mit Meersalz, Pfeffer und Muskat abschmecken.
4. Die Pilze putzen, klein schneiden und in etwas Olivenöl in einer PfLisa anbraten. Mit Meersalz und Pfeffer würzen.
5. Die Suppe mit den gebratenen Pilzen und Kresse garniert servieren.

Süßkartoffel Linsen Suppe

Zutaten:

1 EL Kokosöl

1 Prise Meersalz

1 Zwiebel

1 große Süßkartoffel

1 TL gemahlener Kreuzkümmel

200 gr rote Linsen

½ TL Kurkuma
Pfeffer / Wasser

1 TL Senf

Zubereitung:

→ Kokosöl erhitzen

→ Zwiebel und Gewürze hinzufügen und andünsten

→ Linsen, Wasser und Süßkartoffel hinzugeben und 30 min köcheln

→ alles pürieren

Kokos-Karotten-Suppe

Zutaten:

- 400 ml Gemüsebrühe
- 200 ml Kokosmilch
- 250 g Karotten – schälen und in 1,5 Zentimeter grosse Würfel schneiden
- 250 g Kartoffeln – schälen und in 1,5 Zentimeter grosse Würfel schneiden
- 80 g Zuckererbsenschoten – putzen, waschen und halbieren
- 1 getrocknete Chilischote – entkernen und in dünne Ringe schneiden
- 1 mittelgrosse Zwiebel – fein würfeln
- 1-2 Knoblauchzehen – pressen
- 3 EL Kokosöl
- 1 EL Zitronensaft
- Meersalz
- schwarzer Pfeffer aus der Mühle
- 4 EL grob gehackte Petersilie

Zubereitung:

Das Kokosöl in einem Suppentopf erhitzen; Zwiebel, Knoblauch und Chili darin bei mittlerer Temperatur anschwitzen.

Dann Karotten- und Kartoffelwürfel dazugeben und unter Rühren ebenfalls anschwitzen. Mit Gemüsebrühe ablöschen und abgedeckt bei mittlerer Hitze etwa 12 Minuten garen.

Mit Kokosmilch auffüllen, die Zuckererbsenschoten in die Suppe geben und 2-3 Minuten ohne Deckel köcheln lassen.

Etwa ein Drittel der Suppe aus dem Topf schöpfen, in einen Mixer geben und fein pürieren. Anschliessend wieder zurück in den Topf geben und gut verrühren.

Schliesslich mit Salz, Pfeffer und Zitronensaft abschmecken, die Petersilie dazugeben und servieren.

Erbsencremesuppe

Zutaten:

500 gr Erbsen

1 EL Butter

½ l Gemüsebrühe

2 Zwiebeln

½ Becher saure Sahne

1-2 EL Öl

Kräutersalz

Schwarzer Pfeffer

Zitronensaft,

1 Prise Chili

frische Petersilie

Zubereitung:

1. Zwiebeln fein würfeln und in Butter andünsten
2. Erbsen und Brühe hinzugeben und 5 Minuten kochen
3. alles pürieren –> Sahne und Öl mit Schneebesen einrühren
4. würzen und mit Petersilie bestreuen

Was für den Herbst die Suppen sind, ist im Winter das Weihnachtsmenü. Am ersten Freitag im Dezember deckten wir unsere Tafel festlich ein und kredenzten ein zauberhaftes Menü ohne Gänse- oder Entenbraten. Es war für jeden immer etwas dabei. Auch wenn das ein oder andere Gericht nicht immer den Anklang fand, den ich erhofft hatte.

So zauberten wir einmal einen Nussbraten. Es sollten zwei Braten in Brotbackformen werden. Aus verschiedenen gemahlenen Nüssen kombiniert mit Tomaten und Käse. Es gab genau zwei Teilnehmer des Kochkurses, die einfach begeistert waren. Alle anderen fanden ihn komisch. Für mich war es die beste fleischfreie Braten-Alternative überhaupt. Wir lachen noch heute zusammen über diesen Abend, weil die Nussbraten die Geister getrennt hat. Es war einfach nur so witzig.

Damit jeder für sich selbst entscheiden kann, ob er den Nussbraten liebt oder nicht, hier also nun das Rezept dazu...

Tomaten- Nussbraten

Zutaten:

600 gr gemischte Nüsse

200 gr Sonnenblumenkerne / Sesam / Leinsamen

1300 gr Tomaten

2 große Zwiebeln

6 Eier

2 EL frische gehackte Kräuter

500 gr geriebenen Gouda

Chili / Olivenöl

Zubereitung:

Die fein gehackten oder gemahlenen Nüsse zusammen mit den Kernen/Saaten in einer ungefetteten Pfanne rösten.
Die gehackte Zwiebel in einer PfLisa mit heißem Öl andünsten. Die Tomaten falls gewünscht schälen - ich mache es nicht - und kleinschneiden. Alles in eine Schüssel geben. Eier, Kräuter und den geriebenen Käse dazu und gut vermengen.

Mit Salz und Pfeffer und Chili würzen. Die Masse in eine mit Backpapier ausgelegten Backform füllen und das Ganze im vorgeheizten Backofen bei 180 Grad 60 Minuten backen.

Das etwas andere Weihnachtsmenü

(für 8 Personen)

Wohlfühlpunsch mit Apfel und Ingwer

***

Rote Beete Carpaccio mit Kürbiskernpesto

***

Linsenbraten mit Rotkohl und Kartoffelstampf

***

Tiramisu mit Spekulatius und Beeren

"Walnuss-Kürbiscreme-Suppe"

Zutaten für 4 Personen:

- 1 Ltr. Gemüsebrühe (hefefrei)
- 500 g Kürbis - waschen und in Würfel schneiden
- 300 g Kartoffeln - schälen, waschen und in Würfel schneiden
- 1 Stange Lauch - waschen den weissen Teil in Ringe schneiden
- 100 g Walnüsse - fein mahlen (2 EL zum Bestreuen beiseite legen)
- 100 ml Sahne
- 3 EL Kokosöl
- 1 TL Sojasauce
- Meersalz
- schwarzer Pfeffer aus der Mühle

Zubereitung:

Kürbis, Kartoffeln, Lauch und Nüsse in heissem Kokosöl eine Minute unter Rühren anschmoren.

Mit Gemüsebrühe ablöschen und das Gemüse etwa 15 Minuten köcheln lassen.

Sobald es weich ist, mit dem Stabmixer pürieren und die Sahne einrühren.

Mit Sojasauce, Salz und Pfeffer abschmecken und mit den restlichen Walnüssen bestreut servieren.

Kapitel 9

Wie schon erwähnt, sollte dieses Buch ursprünglich eine Sammlung von Rezepten werden. Daraus entstand bis jetzt schon viel mehr Tagebuch und Geschichte über mich als geplant. Doch während ich dieses Buch schreibe, wird es immer mehr zu einem Kochbuch fürs Leben....

Denn der Kochkurs an sich war für mich persönlich so wichtig, dass er nicht mehr wegzudenken ist. Ich bin so dankbar, dass ich diese Chance bekommen habe.

Ich wusste zum damaligen Zeitpunkt nicht, was ich damit im Leben von Freunden, Teilnehmern und natürlich meinem eigenen bewirken würde.

Mittlerweile sehe ich täglich, was er „angerichtet“ hat. Meine eigene gesunde Ernährung ist bestimmt nicht perfekt, viel zu oft gibt es Gelegenheiten, in denen ich „verführt“ werde oder mich gerne „ verführen“ lasse. Doch ich finde immer wieder schneller zurück zu gesundem, wohltuendem Essen. Und grundsätzlich weiß ich einfach, was mir gut tut und was nicht.

Ich esse das, wonach mein Körper ruft. Wenn er gestresst und aufgeregt ist, gibt es das nicht so perfekte Essen. Wenn ich entspannt und glücklich bin, gibt es die gesünderen Varianten. Mir gelingt es mittlerweile auch immer besser, entspannt und glücklich zu sein und genau deswegen ist das Essen auch immer besser.

Aber warum ein Kochbuch, wenn das Essen nicht das Wichtigste ist? Weil die Ernährung ein wichtiger Teil auf dem Weg zum Glück ist. Wer nur Mist in sich hineinstopft, kann nach außen auch nichts Gutes ausstrahlen.

Doch was sind die Zutaten für ein glückliches Leben? Eine sehr philosophische Frage, die es nicht so leicht zu beantworten ist. Beim Sammeln der Rezepte ist mir klar geworden, dass jeder für seine Zutaten im Leben selbst verantwortlich ist und jeder Mensch, der uns begegnet, seine eigene Würze mitbringt. Manchmal ist sie nur kurzfristig wichtig, aber langfristig spielt sie keine Rolle oder wird besser schnell wieder entsorgt.

So habe ich mich lange damit beschäftigt, welche Zutaten für mich wichtig waren und welche Bestimmung sie hatten bzw. haben.

Ich bin zwar erst 39 Jahre alt, aber ich weiß trotzdem nicht, wo ich anfangen soll....

Vielleicht am Anfang...

Kapitel 10

Marie

Einer der wichtigsten Menschen in meinem Leben ist Marie. Sie kam als Zutat recht früh in meinem Leben an. Um genau zu sein: Im Alter von vier Jahren trafen wir uns im Kindergarten. Ich fragte sie, ob sie mit mir und Corinna spielen möchte. Und das machen wir bis heute. Wir spielen nicht mehr so viel mit Bausteinen und Puppen. Aber wir träumen zusammen, erzählen über unsere Gefühle, über unsere Wut und unsere Ängste. Es gab Zeiten in den vergangenen Jahren, in denen wir auch nicht ins jeweilige Leben der Anderen passten. Die waren aber überschaubar kurz und wir haben immer wieder zueinander gefunden.

Marie ist mir in vielen Punkten sehr ähnlich, aber manchmal ist sie auch ganz anders. Sie ist auch gefühlsduselig, allerdings manchmal sehr abgeklärt und auch realistischer. Auf jeden Fall ist sie nicht so harmoniebedürftig und sieht manchmal die Sachen etwas klarer. Sie holt mich oft mit ihren unüberlegten, pampigen Worten auf den Boden der Tatsachen zurück. Das missfällt mir natürlich oft, aber genau das schätze ich an ihr. Auch ihre fehlende Spontanität hat mich oft zur Weißglut gebracht. Aber mittlerweile wissen wir, wie wir beiden mit den „Schwächen“ des anderen umgehen müssen und können.

Manchmal frage ich mich, womit ich verdient habe, so einen wunderbaren Menschen gefunden zu haben, der mich schon so lange begleitet. Es gibt Ehen, die nicht so lange halten, wie unsere Freundschaft. Wenn es einen treuen Wegbegleiter gibt, dann ist es Marie. Selbst Entfernungen zwischen unseren Wohnorten von 200–900 Kilometern haben unserer Freundschaft nicht geschadet.

Ich hatte einmal das Gefühl, dass wir uns endgültig verstreiten könnten, als ich Jens 2006 spontan in Dänemark heiraten wollte. Sie hat damals noch in München gelebt. Das war einfach eine Hausnummer zuviel. Heute können wir darüber lachen, aber damals war es wirklich alles andere als lustig. Ich danke Maries Mutter, die ihr damals gesagt hat, dass sie es für immer bereuen würde, wenn sie nicht zu meiner Hochzeit kommen würde. Denn das wäre wirklich für uns beide nicht schön gewesen. Auch wenn dieser Tag für viele ein chaotischer, teilweise ungeplanter und verrückter Tag war, bin ich froh, dass er so war, wie er war. Für mich und Jens war er unvergesslich und einfach nur perfekt.

Marie, ich danke dir dafür, dass du so bist wie du bist. Dass du immer skeptisch gegenüber neuen vielleicht manchmal verrückten Ideen bist und dass du meine Gefühle erträgst, die du manchmal einfach unaufgefordert einfach hingeschmettert bekommst ;)

Ich hoffe, dass wir noch ganz viele Jahre zusammen rumspinnen können, uns darüber amüsieren, wie du in deiner Blumenwelt aufgehst und ich mich dafür nicht interessiere ;)

Kapitel 11

Lisa

Meine Schwester Lisa ist 10 Jahre jünger als ich. Als sie geboren wurde, war ich megastolz, eine große Schwester zu sein. Ich verbrachte viel Zeit mir ihr, sah wie sie aufwuchs und sich mehr oder weniger prächtig entwickelte. Lisa ist ganz anders als ich. Sie war nie so strebsam und perfektionistisch wie ich, was ich nie verstehen konnte. Sie war oft das typische verwöhnte Nesthäkchen mit Extrawürsten. Es gab Zeiten, wo ich nicht wirklich an sie glaubte und mir viele Sorgen machte, weil sie in meinen Augen merkwürdige Entscheidungen traf und noch merkwürdigeren Umgang pflegte. Sie war nicht die Beste in der Schule, sah in Zeiten der Pubertät wirklich manchmal erschreckend aus, aber wir hatten uns immer lieb. Es gab auch Zeiten, in denen wir überhaupt nicht miteinander redeten, weil wir uns nicht verstanden.

Mittlerweile ist sie bereits Mutter eines zauberhaften kleinen Sohnes. Sie ist eine tausend

Mal entspanntere Mutter mit Kleinkind als ich es jemals war. Dafür bewundere ich sie jedes Mal! Und das tue ich auch jeden Tag für ihren Job. Ich bewundere, wie man sich täglich um ältere Menschen so liebevoll kümmern kann, den Humor dabei nicht verliert und dabei noch den ständig den Tod vor den Augen hat. Dieser Fakt hat mich besonders berührt, vor allem, dass ich das erst realisiert habe, nachdem sie schon über zehn Jahre in der Pflege tätig ist.

Lisa ist die Zutat in meinem Leben, die mich am meisten überrascht. Aus einem kleinen verpeilten, unselbständigem kleinen Mädchen ist eine starke, strukturierte und liebevolle junge Frau geworden. Früher war ich immer für sie da, weil sie mich brauchte. Heute ist sie eine stabile Konstante in meinem Leben, auf die ich mich immer verlassen kann. Für sie ist es egal, ob ich weine oder lache. Sie nimmt mich in den Arm, wenn ich es brauche und sie lacht und tanzt mit mir, wenn wir darauf Lust haben. Genauso können wir über ernste Dinge reden und finden zusammen Lösungen. Ich wünsche ihr von ganzem Herzen, dass sie in ihrer kleinen Familie nur Sonnenschein erlebt und sie auch immer die richtigen Zutaten für ihr Leben erkennt.

Genau darum geht es oft, man muss die Zutaten richtig erkennen, sind sie gerade für den Moment das Richtige oder haben sie ein Verfallsdatum? Wann passen sie und wann wird das Leben dadurch versalzen?

Das herauszufinden, ist oft schwierig. Aber oft müssen wir einfach nur auf uns selbst und unsere Intuition hören und dann funktioniert der Rest von ganz allein.

Das ist im realen Leben sehr schwer, weil wir durch ganz viele Faktoren wie Arbeit, Medien und antrainierte Gewohnheiten abgelenkt werden. Wir hören auf Menschen, die wirken als wüssten sie, wovon sie reden. Doch wissen diese das auch oft, allerdings wissen sie nicht, ob es für uns selbst das Richtige ist. Das können wir nur ganz allein entscheiden. Durch unsere eigene Intuition.

Kapitel 12

Meine Mutschka (Mutter ;))

Meine Mutter ist wohl entscheidend dafür, dass es mich überhaupt gibt, würde ich sagen ;)

Meine Mutter ist eine sehr faszinierende Frau. Sie hatte keine wirklich lustige Kindheit. Sie ist sehr emotional und wahnsinnig fleißig.

Was hat sie in meinem Leben bewirkt?

Wahrscheinlich alles. Die beste Entscheidung, die sie in ihrem Leben getroffen hat, war, sich von meinem richtigen Vater zu trennen. Denn nur dadurch hatte ich die Möglichkeit, eine relativ unbeschwerte Kindheit zu erleben. Dafür danke ich ihr von ganzem Herzen. Nachdem wir einige Zeit zu zweit verbracht hatten, lernte sie Hans, meinen späteren Stiefvater, kennen. Ab dem Zeitpunkt hatte ich erstmal ein paar Jahre keinen Kontakt zu meinem richtigen Vater. Ich habe ihr lange übel genommen, dass ich sechs Jahre nicht die Möglichkeit hatte, ihn zu sehen. Jetzt denke ich, dass es für mich wahrscheinlich besser so war.

Meine Mutter hat ihr Leben lang hart gearbeitet. Sie hat nur wenig an sich selbst gedacht oder etwas für sich selbst getan. Wichtiger war immer die Versorgung von mir und Lisa. Sie wollte uns immer ein schönes Nest bereiten und hat dafür stets alles getan. Sie heiratete kurz nach Lisas Geburt meinen Stiefvater Hans, der mir immer ein Papa war und den ich niemals als Stiefvater gesehen habe.

Meine Mutschka hat viele Tiefen in ihrem Leben ertragen und auch unsere Beziehung war nicht immer einfach. Ich hatte Jahre, in denen ich mich viel über sie geärgert habe und wir uns einfach nicht verstanden haben. Das resultierte aber viel aus fehlender Kommunikation. Wir haben uns einfach nicht die Zeit genommen, miteinander zu reden. Wir waren abgelenkt durch zu viel Stress auf Arbeit, durch familiäre Verpflichtungen und durch zu viele Ablenkungen.

Selbst als sie regelmäßig zu meinen Kochkursen gekommen ist, sie mit mir nach Indien geflogen ist und Teil meines Nordic Walking-Kurses geworden ist, wusste ich das oft nicht zu schätzen. Mittlerweile weiß ich, dass sie immer versucht hat, in meiner Nähe zu sein, mich bei allem zu unterstützen, was ich angehe - und das im Rahmen ihrer Möglichkeiten. Sie war stets eine stabile Konstante in meinem Leben und hat immer die Dinge für mich getan, die mir schwer fielen. Ein ganz banales Beispiel ist, dass sie selbst in Indien immer mein Bett gemacht hat. Das ist keine große Sache und ich kann auch selber mein Bett machen, aber sie hat mir immer meine Struktur gegeben. Manchmal braucht man nur selbst ein bisschen Klarheit, um das Ganze zu erkennen. Dafür bin ich ihr sehr dankbar.

Meine Mutschka hat mir immer gepredigt, dass Ehrlichkeit das Wichtigste ist. Sie selbst hat es aber über viele Jahre nicht gut praktiziert. Sie hat sich selbst manchmal etwas vorgeflunkert, um anderen gegenüber den Schein zu wahren und weil sie dachte, dass ihr das gut tun würde. Mittlerweile ist sie auf dem besten Weg dahin, das abzulegen. Und es ist eine wahnsinnige Erleichterung, mit allem und jedem ehrlich umzugehen. Es ist nicht immer einfach, denn viele Menschen vertragen Ehrlichkeit nicht. Aber um so schöner ist es, wenn Menschen auf Ehrlichkeit positiv reagieren. Ich rede nicht von Notlügen.

Aber wenn man Menschen erzählt, wie man fühlt, welche Gedanken man hat und was einen bewegt, dann bekommt man ganz viel zurück. Und zwar meistens mehr als man sich erhofft.

Meine Mutschka und ich arbeiten daran, ehrlich miteinander zu sein. Das geht nicht von heute auf morgen. Aber ich weiß, dass wir das irgendwann hinbekommen. Und ich weiß, wenn wir das richtig hinbekommen, werden wir jede einzelne Minute zusammen genießen. Denn eigentlich sind wir seelenverwandt und ticken so gleich, dass wir uns ohne Worte verstehen würden.

Wir hatten vor kurzem eines der ehrlichsten und schmerzhaftesten Gespräche, die wir je miteinander geführt haben. Aber genau das macht unsere Beziehung aus. Ich hatte Angst, dass wir uns aufgrund dieses Gespräches für immer voneinander lossagen. Aber jetzt bin ich optimistisch, dass es gut wird und wir noch viele schöne Jahre vor uns haben.

Mutschka, ich danke dir für jede Minute!

Kapitel 13

Paps

Anscheindend habe ich irgendetwas richtig gemacht, denn ich hatte das Glück, zwei Väter zu haben.

Paps ist mein Stiefvater. Wie schon gesagt, dient diese Bezeichnung nur Erläuterungszwecken und wurde von mir nie so verwendet. Paps ist Lisas richtiger Vater und gelangte als Zutat im Alter von sieben Jahren in mein Leben. Als Kind hat er mich beeindruckt, weil er mit mir auf den Weihnachtsmarkt gegangen ist und ich einfach mal das machen konnte, worauf ich Lust hatte. Während ich bei meiner Mutter immer darauf achten musste, was wir uns leisten konnten, durfte ich an diesem einen Tag alles tun, worauf ich Lust hatte. So durfte die kleine 7-jährige Steffi einfach mal an den Schießstand, ich durfte losen und alles einmal ausprobieren. Ich habe einen halben Broiler alleine gegessen! Meine Mutter hätte mir nie einen halben Broiler gekauft. Erstens, weil es zu teuer war und zweitens, weil es viel zu viel für mich gewesen wäre.

Mir ist auch klar, dass er diesen Ausflug nur gemacht hat, damit er mein Herz gewinnt und somit bessere Karten bei meiner Mutter hat. Mich hat er damit aber wirklich nachhaltig beeindruckt. Und auch jetzt muss ich noch schmunzeln, wenn ich an diesen Tag zurückdenke.

Er zog also nach und nach in unser Leben und wurde ein fester Bestandteil. Wir hatten natürlich nicht immer gute Zeiten. Er hatte in seiner Familie nie gelernt, über Sachen zu reden. Deswegen wurde jeder Konflikt einfach ausgeschwiegen. Diese Ignoranz war für mich als Kind teilweise unerträglich. Jetzt weiß ich, dass er es selbst nicht besser konnte.

Es gab Momente in meinem Leben, in dem ich ihn auch wirklich überhaupt nicht verstehen konnte und er mich auch nicht interessiert hat. Er arbeitete 45 Jahre in einem Unternehmen und war so in seinem Alltag gefangen, dass er nicht offen war für neues oder irgendwelche Veränderungen. Mittlerweile ist er zu Hause und zeigt manchmal tatsächlich Anflüge von Spontanität. Er ist immer für mich da und hilft mir, wo er nur kann. Er sieht manchmal alles etwas schwarz und weiß und vergisst, dass es auch grau dazwischen gibt. Aber ich weiß, dass er es immer gut mit uns meint und das auf seine Art und Weise auch zum Ausdruck bringt.

Ich dank dir Paps ;)

Kapitel 14

Mein Vater

Mein Vater ist auch mein Papa. Er ist mein leiblicher Vater. Auch diese Bezeichnung dient nur Erklärungszwecken. Auch er wird von mir Papa genannt.

Mein Papa ist schon lange mein Seelenverwandter. Er ist groß und kräftig und voller Emotionen. Er hatte ein paar Ehefrauen und Kinder in seinem Leben, was es nicht einfacher macht, neuen Menschen im Leben meine Verwandtschaftsverhältnisse zu erklären. Ich habe demnach noch drei weitere Halbgeschwister. Eine Schwester, die zehn Jahre älter ist als ich, einen Bruder, der fünf Jahre älter ist als ich und eine jüngere Schwester, die 10 Jahre jünger ist.

Meine ältere Schwester sei kurz erwähnt, weil sie ein Bestandteil ist. Wir haben keinerlei Verhältnis zueinander. Sie hat das Herz am richtigen Fleck, aber ich bin schon immer ein rotes Tuch für sie gewesen. Weil sie Angst hat, weniger Liebe von meinem Vater durch meine Existenz zu bekommen, kann sie mich weder normal begrüßen noch mir in die Augen sehen. Das ist zwar schade, aber das kommt halt vor. Irgendwann wird auch sie diese Angst ablegen.

Mein Bruder ist ein toller Mann. Er ist größer als

ich und findet seine Struktur und seinen Halt in seinem Glauben. Das ist für ihn perfekt. Für mich manchmal etwas zu krass, aber ich ich finde es schön, dass er macht, was er macht. Er hat seine Familie und sein Tun und wir sehen uns wenig. Wir haben keine wahnsinnig enge Bindung. Aber ich denke, dass die Zeit noch irgendwann kommen wird. Ich bin ihm sehr dankbar, dass er sich in den schlimmsten Zeiten meines Vaters um ihn gekümmert hat und mir so mancher Anblick daher erspart geblieben ist. Mein Bruder hat mir außerdem eine wunderbare Zutat ins Leben gemogelt: Meine Schwägerin Manja. Ich war ihre Trauzeugin. Es war eine der bewegendsten Hochzeiten für mich. Sie haben mich beide immer gern zu Besuch aufgenommen. Ob ich in Hamburg tagelang zu Besuch war, oder in Parkentin, einem kleinen Dorf nahe Rostock, wenn es auch nur für einen Kaffee war. Mit Manja habe ich eine besondere Verbundenheit. Sie ist mittlerweile eine enge Freundin, die ich nicht mehr missen möchte.

Zurück zu meinem Vater. Mein Vater hat soviel Liebe zu geben, wie meines Erachtens kein anderer Mensch auf dieser Welt. Lange wusste er nicht, wie er mit seinen Gefühlen umgehen sollte und ertränkte diese im Alkohol. Dadurch hat er viele Menschen in seinem Umfeld verletzt und sich selber natürlich sehr geschadet.

Mittlerweile ist er besser darin geworden und ich bin wahnsinnig stolz auf ihn. Er kümmert sich wahnsinnig viel um meine 95-jährige Oma. Er ist zwar faul in punkto Bewegung, aber wer ist schon perfekt. ;) Er ist ein Mensch, der mir an der Nasenspitze ansieht, wie es mir wirklich geht. Er ist genauso wie meine Mutter immer für mich da und hilft mir auf seine Art bei allem was geht.

Manchmal ist auch seine Anwesenheit einfach nur beruhigend für mich.

Meine Mutter und mein Vater haben jahrelang nach der Scheidung überhaupt keinen Kontakt mehr gehabt. Seit meiner Hochzeit in Dänemark im Jahr 2006 gehen sie miteinander wie normale Menschen um. Und dafür bin ich ihnen beiden sehr dankbar.

Mein Vater war einige Jahre nicht Zutat meines Lebens. Doch irgendwann stand er einfach vor mir. Und das war im ersten Augenblick der schlimmste Moment im meinem Leben. Aber es war im Nachhinein so wichtig für mich. Denn nur dadurch weiß ich heute, wo ich herkomme, woher ich bestimmte Eigenschaften habe und warum ich manchmal so bin wie ich bin.

Also Papa, nochmals danke, dass du damals den Mut hattest, mich einfach so zu überrumpeln!

Kapitel 15

Meine Oma Elsa

Meine Oma Elsa wird dieses Jahr 96 Jahre alt. Ich habe lange nach einem passenden Adjektiv gesucht, um sie zu beschreiben. Es gibt keines, welches ausdrückt, wie grandios sie ist.
Zu ihr hatte ich ebenfalls knapp sieben Jahre keinen Kontakt, da sie die Mutter meines Vaters ist. Sie hat vier Kinder, die gesundheitlich alle weniger fit sind als sie. Okay, sie ist mittlerweile nicht mehr so gut zu Fuß, benutzt ihren Rollator und ihre Luft wird schnell knapp. Aber geistig ist sie voll da. Sie kann ihre Steuererklärung noch alleine machen und führt immer noch ihr Haushaltsbuch in Excel. Sie geht regelmäßig in die Kirche und ist noch im aktuellen Weltgeschehen involviert. Sie versteht viele Sachen viel besser als so manch anderer.
Welche Zutat war sie in meinem Leben? Oma war eigentlich immer für mich da, erkannt und geschätzt habe ich sie aber erst in den letzten zehn Jahren. Sie ist ein großes Vorbild für mich geworden. Sie hat ebenfalls als Buchhalterin gearbeitet. Sie hat so viele Täler in ihrem Leben gemeistert. Auch hat sie Krankheiten überstanden, bei denen ich nicht geglaubt hätte, dass sie es schaffen könnte. Sie ist so wahnsinnig stark und bewundernswert und doch so emotional. Oma ist strukturiert und klar. Und sie hat immer ein offenes

Ohr für jeden. Es ist schade, dass sie kaum noch Freunde in ihrem Alter hat. Aber das ist wohl einfach natürlich. Ich hoffe, dass Oma dieses Buch noch irgendwann lesen kann. Ich bin dankbar, dass meine Kinder noch die Möglichkeit hatten, meine Oma kennen und lieben zu lernen. Denn man hätte in Erzählungen nie beschreiben können, welch eine großartige Frau meine Oma ist.

Kapitel 16

Corinna

Corinna ist auch eine Kindergartenfreundin. Ich kann gar nicht genau sagen, wann sie dazu kam. Auf jeden Fall noch, bevor Marie in meinem Leben auftauchte. Wir waren immer ein Dreiergespann. Im Kindergarten waren wir unzertrennlich. In der Schule kam sie leider in eine Parallelklasse, sodass wir etwas weniger Kontakt hatten. Zu jedem meiner Kindergeburtstage waren wir drei lange die gewohnte Dreierrunde. Corinna ging irgendwann auf eine andere Schule, weil ihre Eltern in einen anderen Stadtteil gezogen sind. Wir sahen uns noch weniger, aber die Geburtstage verbrachten waren noch viele Jahre immer zusammen. In der Pubertät veränderten wir uns natürlich alle. Auch ich war als Freundin nicht wirklich die Angenehmste. Ich war manchmal einfach zu cool für diese Welt und habe das den

Menschen gezeigt, die ich am liebsten mochte. So auch bei Corinna. Ich war manchmal wirklich einfach nicht nett. So veränderte sich unser Verhältnis, doch fanden wir einige Jahre später wieder einen harmonischen Weg für unsere Freundschaft. So richtig war dies erst, als wir alle bereits alleine wohnten. Corinna wohnte in Lübeck, ich in Hamburg und Marie in Berlin. Wir trafen uns trotz Studium und anderer Verpflichtungen regelmäßig und verbrachten eine schöne Zeit miteinander. 2005 sahen wir Corinna das letzte Mal. Sie hatte schon immer eine spezielle Wahl an Männern, die sie in ihrem Leben begleiteten. Mittlerweile könnte Corinna wahrscheinlich schon drei Bücher über ihre Männererlebnisse schreiben. Aber diesmal war es ein Mann, der sie wirklich veränderte und mit dem Marie und ich nicht wirklich umgehen konnten. Wir zogen uns zurück.
Die Jahre vergingen... Manchmal erfuhren wir über Bekannte oder über Facebook, wo sie gerade lebt oder was sie macht.
Nach knapp zehn Jahren traf ich ihre Mutter auf einem Kinderfest. Sie erzählte mir, dass Corinna nicht mehr mit dem Mann zusammen war. Doch ich war mit nicht sicher, ob sie deswegen jetzt Kontakt zu mir bzw. uns wollte. Ich hatte sie in der Zeit ein oder zweimal angeschrieben, ohne dass sie geantwortet hätte. So war mir nicht klar, ob sie Kontakt überhaupt wünscht.
So trafen Corinna und ich uns nach Jahren das erste Mal wieder zu einem Essen in Warnemünde.

Es war ein wunderschöner Abend. Wir lachten ganz viel und erzählten uns die letzten Jahre. Wobei ich es mir auch sehr leid tat, was sie die letzten Jahre alles erleben musste. Corinna ist einer der besten Menschen, die ich kenne. Wenn jemand das Herz am richtigen Fleck hat, dann sie. Sie ist manchmal einfach viel zu gut und zu lieb.
Mittlerweile sind wir besser befreundet als je zuvor. Wir können über wirklich alles ehrlich miteinander reden. Es ist egal, ob es um Sex, um Männer, um Arbeit oder die Erfüllung im Leben geht. Wir können alles miteinander besprechen. Und wir können zusammen lachen und albern sein. Wir können zusammen nach 26 Jahren auch auf alte Zeiten zu einem David Hasselhoff-Konzert gehen und einfach nochmal 13 sein. Das war übrigens einer der schönste Abende, den ich mit Corinna verbracht habe. Corinna und auch ihre Familie waren und sind auch eine lange und wichtige Konstante in meinem Leben. Wir feiern mittlerweile auch unsere Geburtstage wieder zusammen. Und das ist einfach nur schön. Corinna bringt immer noch diese kindliche Unbeschwertheit in mein Leben. Das heißt auf keinen Fall, dass sie keinen Plan hat. Aber das zeigt mir immer wieder, dass es wichtig und toll ist, das zu machen worauf man Lust hat und dass man das was einem als Kind Spaß gemacht hat, niemals vergessen sollte. Corinna, ich hoffe, dass wir noch viele alberne, lustige und einfach noch schöne Momente miteinander verbringen werden.

Kapitel 17

Jens

Jens ist ebenfalls eine sehr lange Zutat in meinem Leben. Ich lernte ihn über Freunde bereits mit 17 Jahren kennen. Damals war ich mit meiner ersten großen Liebe zusammen und er mit seiner. Ich kannte ihn nur entfernt. Er war immer der grinsende Jensi. Viel gesagt hat er nicht, weil er eine Freundin hatte, die den Raum einnahm. Das ist auf keinen Fall böse gemeint, aber sie hatte grundsätzlich mehr zu erzählen als er. Ein paar Jahre später, im Jahr 2002, trafen wir uns wieder. Er war frisch getrennt und am Boden zerstört. Ich war Single und genoss das gerade. Zur damaligen Zeit hatte ich einen besten Freund und meine Marie. Wir unternahmen viel zu viert. Wir gingen tanzen, gingen auf irgendwelche Dorffeste oder saßen und einfach nur zu viert auf meinem damaligen Balkon. Irgendwann wuchs die Sympathie und wir verbrachten Nächte damit, zu erzählen. Zum Anfang war ich für ihn nur eine gute Zuhörerin und eine tolle Gesprächspartnerin in seinem Liebeskummer. Doch irgendwann war da mehr und wir wollten nicht ohne einander sein. So ging alles danach sehr schnell. Wir zogen zusammen nach Hamburg und bauten uns unser Leben zu zweit auf. Er war für Marie und mich immer der Papa Schlumpf. Er war älter und größer als wir. Er passte auf, dass wir keinen Quatsch

machten. Er war mein Ruhepol. Er war liebevoll und es war einfach nur schön mit ihm. So verliebte ich mich immer mehr in diesen strahlenden Fels in der Brandung. Wir genossen unser Leben zu zweit. Zusammen erkundeten wir Hamburg und bauten uns ein Nest. Es war auch nicht immer alles einfach, aber zusammen meisterten wir einfach alles. Während ich mit meinem Studium viel zu tun hatte, war er in ganz Deutschland in der Woche unterwegs. Um so mehr freuten wir uns auf die Wochenenden und auf unsere Zeit zusammen. Nach drei Jahren fanden wir, dass wir so gut zusammen passen, dass es auch schön wäre, ein gemeinsames Kind zu bekommen. Für uns beide war dieser Schritt wesentlich wichtiger als eine Hochzeit. So setzte ich die Pille noch während meines Studiums ab. In meiner damaligen Naivität erklärte ich, dass es bestimmt Monate dauern würde, bis ich überhaupt schwanger werden würde. Da war aber jemand, der eher in mein Leben treten wollte... Und so war ich einen Monat später schwanger... Ich wusste es damals noch nicht. So feierten wir noch eines der schönsten Silvester mit Marie und ihrem Matthew und viel Pernod Cola.
Außerdem rodelten wir von einem Berg, der auch nicht wirklich schwangerenkonform war.
19 Tage später erfuhr ich dann von meinem Glück. Und ich war wirklich überrascht. Mit keiner Faser meines Körpers hätte ich daran geglaubt, dass ich schwanger wäre. Aber ich war unendlich glücklich.

Am gleichen Abend kam Jens auch wieder nach Hause. Und als er in die Tür reinkam und gleich ins Bad sprintete, musste ich ihm natürlich sofort hinterher. So saß ich vor ihm im Badezimmer um ihm zu sagen, dass wir bald zu dritt seien. Wir waren beide überglücklich. Wir begannen, unser Leben kindgerecht zu planen. Außerdem genossen wir diese gemeinsame Vorfreude auf unseren kleinen Engel. Da ich noch ein paar Monate hatte, bis ich mein Abendstudium beendete, wurden die nächsten Monate ganz schön anstrengend. Doch mit diesem kleinen Wunder unter meinem Herzen meisterte ich sämtliche Herausforderungen mit Leichtigkeit. Ich war zwar viel müde, doch gab mir dieser kleine Wurm eine Gelassenheit und Ruhe, die ich noch nie in meinem Leben erfahren hatte. So schrieb ich meine Abschlussarbeit mit Tablet und Laptop und einem Riesenbauch natürlich auf den letzten Drücker. Auch bei den Prüfungen war ich die Ruhe in Person. Dieser kleine Wurm zeigte mir schon damals, dass keine Prüfung der Welt so wichtig war wie diese kleine Zaubermaus.
Jens kümmerte sich derweil rührend um mich. Gelüste wie Geleebananen oder Spaghetti Bolognese mit Zucker las er mir von den Augen ab. Zwischendurch heirateten wir und letztendlich kam unsere kleine Prinzessin gesund und munter viereinhalb Wochen zu früh zur Welt. Für mich war dies das größte Wunder überhaupt.
Die ersten vier Wochen waren wir einfach nur

überfordert und glücklich zusammen. Es war einfach nur schön, gemeinsam diese erste Zeit der Familie zu genießen. Kurze Zeit später ging ich wieder arbeiten und Jens begann die Elternzeit mit Emilia. Er schlug sich wacker in jeder Krabbelgruppe. Zum damaligen Zeitpunkt gab es wenig Männer, die diesen Part übernahmen. So war es irgendwie immer komisch für ihn, da er eigentlich immer der einzige Mann war. Aber ich fand es toll. Außerdem hat er es auch genossen, obwohl es manchmal auch etwas anstrengend war. Teilweise arbeitete er noch etwas nebenbei um unsere Haushaltskasse aufzubessern. Das schlauchte schon ganz schön. Als Emilia 10 Monate alt war, begann er wieder zu arbeiten. Er fuhr jetzt nicht mehr durch die Gegend, sondern arbeitete in Hamburg, um bei uns zu sein. Unser Leben als Familie spielte sich langsam ein. Uns beiden war klar, dass wir kein Einzelkind wollten. So entschieden wir nur kurze Zeit später, dass uns ein Geschwisterkind für unsere Prinzessin willkommen sei. Das ganze funktionierte leider nicht so unproblematisch wie beim ersten Mal. Auch als ich dann endlich schwanger war, war es einfach alles andere als einfach und unbeschwert. Der kleine Prinz, der zu uns wollte, brauchte ganz viel Aufmerksamkeit und jagte uns bereits in der Schwangerschaft einen riesigen Schrecken ein. Doch Jens war immer da und versuchte mich aufzumuntern und aus allem das Positive zu ziehen. Er hat mich immer aufgemuntert und mir

Mut gemacht, dass alles gut wird. Und er hatte Recht. Die Geburt war nicht halb so schlimm wie bei Emilia. Und der kleine Prinz kam guten Gewichts und prächtiger Gesundheit auf die Welt. Während ich noch im Krankenhaus war, kaufte Jens noch fix ein Auto und einen Wäschetrockner, um uns das Leben als vierköpfige Familie zu erleichtern. Er war für mich immer der tollste Papa, den man sich vorstellen konnte. Zu viert wurde das Ganze natürlich irgendwie nicht einfacher. Und wir merkten in unserem Alltag immer wieder, dass wir an die Grenzen unserer Kräfte kamen. Ob kränkelnde Kinder, Arbeit oder fehlende Ruhe bzw. Zeit für sich selbst. Irgendwie schlauchte das alles. Wir pendelten am Wochenende viel nach Rostock, um die gewünschte Erholung zu bekommen. Wir waren oft gereizt, doch irgendwie haben wir keinen richtigen Weg gefunden, etwas Entspannung zu finden. So beschlossen wir Anfang 2011, wieder zurück nach Rostock zu ziehen. Doch irgendwie startete damit nur noch mehr Trubel. Jens startete schon im Juni 2011 einen Job in Rostock. Ich blieb vorerst allein in Hamburg mit den Kids. Unsere gewünschte Wohnung machte anfangs auch viel Trubel. So zog es sich bis März 2012 hin, bis wir vier endlich wieder alle zusammen waren. Gesundheitlich habe ich sehr unter dieser Situation gelitten, doch auch hier half mir Jens, wo er konnte und peppelte mich so langsam wieder auf. Beruflich hatten wir beide nicht so wirklich Glück mit unseren Jobs. Es lag aber daran, dass wir

einfach ausgelaugt waren. Ich brauchte insgesamt knapp vier Jahre, um mich wieder einigermaßen gesundheitlich zu erholen. Erst 2016 fühlte ich mich das erste Mal wieder einigermaßen fit. Jens war in der ganzen Zeit immer für mich da und unterstützte, was immer für meine Genesung notwendig war bzw. was ich für notwendig erachtete. Er gab mir sämtlichen Freiraum und gab mir immer ganz viel Kraft. Ich habe oft überlegt, womit ich diesen Mann verdient hatte. Er war so tolerant und toll für mich, dass ich ihn zu diesem Zeitpunkt mehr liebte als jemals zuvor.
Doch irgendwann brauchte auch er mal Kraft, so versuchte ich ihn dabei zu unterstützen, auch seine Kraft und seinen Ausgleich und Entspannung zu finden. Im Oktober 2018 trat er also seine wohlverdiente Kur an. Er hatte drei Wochen Zeit, um sich mit sich zu beschäftigen oder zu entspannen. Ich denke noch heute, dass diese Kur für ihn ein guter Start war. Auch wenn es für unsere Beziehung das Ende war, bin ich noch immer froh, dass er diesen Schritt gemacht hat. Natürlich war die Zeit zwischen Kur und Trennung die Hölle. Doch im Nachhinein weiß ich, dass wir beide zerrissen waren. Wir wollten unsere Beziehung und unsere Familie nicht aufgeben. Doch manchmal muss man ein Opfer bringen, um etwas Größeres zu erreichen. Ich hoffe, dass Jens irgendwann seinen Weg findet und das, was ihn glücklich macht. Ich wünsche es ihm von ganzem Herzen, denn ohne ihn hätte ich nur einen

Bruchteil meines heutigen Glücks. Wir hatten stets, selbst nach der Trennung die schönsten und längsten Gespräche über Gott und die Welt. Wir waren uns nicht immer einig. Aber wir haben fast 18 Jahre lang zusammen philosophiert, gesponnen und gelacht. Ich hoffe, dass wir das auch noch weiter - natürlich in einem anderen Rahmen - schaffen. Ich danke dir, Jens. Ich möchte keinen unserer gemeinsamen Tage missen, denn jedes Lachen, jede Träne und jedes Wort hat dazu beigetragen, dass wir zwei zauberhafte Kinder haben und dass wir beide heute sind, wer wir sind.

Kapitel 18

Emilia

Emilia ist meine fast 14-jährige Tochter. Sie war schon immer meine kleine Prinzessin. Mittlerweile ist sie eine so faszinierende junge Dame, die mich jeden Tag aufs Neue überrascht mit ihren Emotionen, mit ihrem Wissensdurst und einfach mit ihrem ganzen Wesen. Wenn ich mir eine Freundin backen könnte, würde ich sie nehmen so wie sie ist. Sie macht so viele Dinge in ihrem Leben bisher schon viel besser als ich. Sie macht manche Dinge leider genauso wie ich. Aber sie ist ein wundervolles Gesamtpaket. Ich denke, dass sie in ihrem Leben durch ihr Wesen auch genug Höhen und Tiefen durchleben wird. Aber sie wird es immer schaffen, aus jedem Tal wieder herauszuklettern um einen noch schöneren Berg zu erklimmen. Emilia war ein Wunschkind. Sie war das erste Kind in unserer Verwandtschaft. Sie war schon schon immer für alle ein kleiner Sonnenschein. Als mein Opa 2007 gestorben ist, war sie diejenige, die uns allen die lustigste Beerdigung aller Zeiten erleben lassen hat. Ich habe nie wieder so viel gelacht wie auf dieser Beerdigung. Meinen Opa hat sie vorher auch verzaubert. Es war seine erste Urenkeltochter. Leider war es auch die einzige, die er noch kennenlernen durfte. Aber ich weiß, dass sie ihn glücklich gemacht hat. Auf unserer

Hochzeitsnachfeier verhielt es sich ähnlich. Sie verzauberte alle mit ihrem Lächeln und ihrem Strahlen. Sie wanderte von Arm zu Arm mit ihren 9 Monaten. Und bis spät am Abend ließ sie sich das gefallen und freute sich darüber. Im Alter von drei Jahren wurde sie eine große Schwester. Sie war stets neugierig und umsorgte ihren kleinen Bruder mit so viel Liebe und Fürsorge. Sie wurde immer mehr so eine Glucke wie ich. Und wir umsorgten den kleinen Zwerg gemeinsam.

Meine große Maus hatte es bisher nicht immer einfach. Sie wird von Erwachsenen immer bewundert und bestaunt. Doch viele Kinder in ihrem Alter verstehen sie manchmal einfach nicht. Ich denke, dass ihre Zeit noch kommen wird, an der sie von gleichaltrigen gesehen wird. Welche Zutat sie für mein glückliches Leben ist ? Sie ist die Prinzessin, die ich mir immer gewünscht habe und eigentlich noch viel viel mehr. Sie sagt manchmal Sachen, die manch 30-Jährige nicht in Worte fassen kann, sie sagt die richtigen Sachen zur richtigen Zeit. Sie ist so interessiert daran, Dinge zu verstehen und selbst auszuprobieren. Ich glaube, dieses Glück eine solche Tochter zu haben, ist nicht in Worte zu fassen. In jeder Minute, die wir zusammen verbringen, bereichert sie mein Leben. Sie hat eine Intuition, die ich faszinierend finde. Sie spürt schon im Vorfeld ganz genau, ob etwas gut oder schlecht ist. Das wird noch spannend die nächsten Jahre.

Kapitel 19

Jon

Mein kleiner Prinz Jon ist jetzt knapp 11 Jahre alt. Er brauchte schon in der Schwangerschaft viel Aufmerksamkeit und wollte uns damals schon klarmachen, dass er etwas Besonderes ist. Ich konnte mir nie vorstellen, eine Jungsmutti zu sein. Ich dachte immer, ich könnte mit Jungs nichts anfangen und ihnen nichts beibringen. Aber dieser kleine Zwerg hat mich eines Besseren belehrt. Er kam in unser Leben als ein kleiner zufriedener Engel. Er schlief viel, aber unregelmäßig. Schon nach vier Monaten war ich am Ende meiner Kräfte. Die längste Zeit, die ich am Stück geschlafen habe, waren zwei Stunden. Ich war irgendwie kein Mensch mehr. Ich weiß noch, als wäre es gestern gewesen, als ich vor unserem Kinderarzt stand und ihn gefragt habe, ob ich Jon nicht einfach Brei oder irgendwas geben kann, damit er mal länger als zwei Stunden schläft. Natürlich war das keine Lösung, aber ich war echt einfach nur müde. Nach ca. 14 Monaten schlief er auch endlich mal eine Nacht durch. Ja, und ich konnte auch mal etwas schlafen. Bei Jon nahm ich die Elternzeit und ich genoss jede Minute davon. Ich ging in Krabbelgruppen und Kaffeetrinkrunden mit anderen Müttern. Emilia war halbtags im Kindergarten und wir hatten viel Zeit zusammen. Da er mit mir und Emilia morgens ständig zwei

Glucken um sich rum hatte, wurde er zu einem kleinen Pascha, was wir natürlich nur durch außenstehende Personen irgendwann realisierten. Auch heute ist noch etwas davon übrig geblieben. Aber wir versuchen stets unser Bestes, damit er doch noch irgendwann selbständig wird ;)
Mittlerweile ist er schon ganz gut darin. Er hatte schon früh ein kleines Sprachdefizit, weshalb er ganz oft erzählte wie ein Wasserfall, aber ihn viele nicht verstanden haben. Mittlerweile redet er immer noch wie ein Wasserfall, aber er wird auch verstanden. Jon ist so wissbegierig und interessiert in alles, was die Natur so hergibt. Er fragt alle Erwachsenen Löcher in den Bauch. Jon ist besonders, weil er von vielen durch seine Größe viel älter geschätzt wird, aber er in Wirklichkeit einfach 2-3 jünger ist, als er aussieht. Er ist sehr sensibel und gefühlvoll, doch erkennen dies nur die Wenigsten. Wer sich keine Zeit nimmt ihm zuzuhören, der lernt ihn halt auch nicht richtig kennen. Aber der ist es auch nicht wert, diesen kleinen Schatz zu kennen.
Während ich diese Zeilen schreibe, sitzt er neben mir und redet mal wieder wie ein Wasserfall, singt vor sich hin und freut sich darüber, mich abzulenken. Das ist Jon. Er überrascht mich immer mit neuen Ideen, neuen Erkenntnissen und das Schönste ist, dass er mir zeigt, dass es Dinge gibt, die man selbst von sich nicht kennt oder sich selbst nicht zutraut, die aber möglich sind. So ist es mir jedes Mal eine Freude, wenn wir wieder

etwas zusammen bauen oder ausprobieren oder irgendwelche spannenden Mutter-Sohn-Sachen machen, die uns beiden Spaß machen. Ja, ich kann eine Jungs- Mutti sein und ich bin es wahnsinnig gerne.

Kapitel 20

Meine Cousinen Claudi und Manja

Eine außenstehende Person, die mir so manch ungewollten unbequemen Rat gegeben hat, war meine Cousine Claudi. Sie hat eine Zeit lang bei uns in Hamburg übernachtet. So manches Mal war ich nicht bereit für ihre gut gemeinten Ratschläge. So fragte sich mich eines Abends, warum wir Jon anders erziehen würden als Emilia. Natürlich hatte ich selbst realisiert, dass unsere Erziehungsansprüche bei Emilia noch etwas anders waren als bei Jon. Aber ganz ehrlich, ich konnte gar nicht anders. Ich folgte meiner Intuition und konnte einfach nicht anders. Außerdem war das Verhältnis zu Jon durch die schwierige Schwangerschaft schon ganz anders vorbelastet.
Aber nun zu Claudi und Manja. Claudi und Manja sind beide meine Cousinen. Sie kennen mich seit meiner Geburt. Wir haben früher ganz viel Zeit zusammen bei meiner Oma verbracht. Egal ob Steine in den Ententeich werfen, ob kochen mit

Modder oder nur Federball spielen. Wenn wir zu dritt dort waren, verbrachten wir auch die Zeit zusammen. Als wir älter wurden, gingen wir zusammen zur Dorfdisco, gingen im Ort spazieren, lernten Jungs kennen, waren mehr oder weniger verliebt und erzählten uns davon. Letztendlich hatten wir immer eine schöne Zeit zusammen. Als ich mal mich nicht so gut mit meinen Eltern verstand, habe ich mich den beiden anvertraut. Ich wollte ins Kinderheim, weil ich der Ansicht war, dass es mir dort besser gehen würde. Sie haben mich natürlich verpetzt. Damals war ich sehr sauer über diesen Verrat. Heute bin ich beiden so dankbar dafür. Denn ich denke, dass mein Weg definitiv nicht leichter gewesen wäre, wenn ich diesen merkwürdigen Abzweig genommen hätte.

Meine beiden Cousinen waren schon immer beide etwas sachlicher und strukturierter als ich. Claudi hat auch heute noch das Talent, immer so kritische, pragmatische Aspekte in meine manchmal chaotische Lebensart zu streuen. Das ist im ersten Moment jedes Mal unangenehm. Aber ich bin dafür so dankbar, weil es mich spätestens ein paar Tage, oder auch Monate später wieder auf den Boden der Tatsachen zurückholt.

Claudi ist für mich ebenfalls etwas ganz Besonderes. Sie hat sich vor ca. 20 Jahren in eine Frau verliebt. Sie ist nicht lesbisch. Sie hat sich einfach in diesen Menschen verliebt. Das klang für mich total einleuchtend. Ganz ehrlich, die beiden sind für mich das harmonischste Paar überhaupt.

Sie mussten auch schon durch viele Berge und Täler. Aber sie hören nie auf, miteinander zu kommunizieren. Und das ist das Wichtigste. Also wenn es einem mal nicht so gut geht, dann ist ein Tag bei den beiden da, was einem auf jeden Fall wieder erdet und gut tut. Außerdem ist ihre Lebenspartnerin mittlerweile eine meiner liebsten Pernod-Trinkpartnerinnen. **(bis auf Marie natürlich!!!)** Sie ist ebenso ein so interessanter und liebenswürdiger Mensch. Ich hoffe, dass diese beiden noch ewig glücklich und gesund zusammen bleiben.
Meine Manja... Es gab Zeiten, da konnte ich mit Manja über viel mehr reden als mit Claudi. Wir haben irgendwie ähnlicher empfunden. Dann gab es Zeiten, da habe ich gedacht, ich hätte den Draht zu ihr verloren. Aber mittlerweile weiß ich, dass wir gerade in unseren Leben so beschäftigt sind, dass es nicht anders funktioniert und irgendwann auch wieder unsere Zeit kommt. Denn wir mögen und verstehen uns.
Diese beiden kennen mich schon mein ganzes Leben und begleiten mich auch weiterhin ohne jeden Zweifel. Ich weiß, dass sie vieles verrückt finden, was ich mache und nicht immer alles verstehen. Aber das ist auch nicht wichtig. Sie sind immer da, wenn ich sie brauche. Und ihre Meinung war und ist mir immer sehr wichtig.
Ich danke den beiden und natürlich auch Claudis Lebenspartnerin für die „harte“ Ehrlichkeit.

Kapitel 21

Jakobsweg und Tante Sina

Lange schwirrte mir der Gedanke schon im Kopf, dass ich irgendwann mal den Jakobsweg gehen wollte. So entschied ich mich Anfang 2019, einen Teil davon zu gehen. Eigentlich bedrängte mich Jens eher damit, da ich der Ansicht war, dass es weder von der Zeit noch vom Geld her passte. Aber er bestärkte mich, es einfach zu tun. Danke nochmal dafür. So entschied ich mich. Da Steffi ja zu diesem Zeitpunkt noch nicht so viel alleine sein wollte, schrieb ich ein paar Freundinnen, ob sie nicht Lust hätten mitzukommen. Bei keinem passte es irgendwie. So musste ich alleine los. Ich buchte den Flug. Ein Tag später rief Tante Sina, Claudis Mutti, mich an, erkundigte sich kurz nach den Rahmenbedingungen und wollte mit. Einen weiteren Tag später saß meine Mutter bei mir auf der Couch, als ich von der Arbeit kam. Sie wollte nun auch mit. So buchte ich zweimal einen weiteren Flug. Ich verstand das Ganze nicht wirklich, aber es war auch egal. Ich stellte klar, dass wir zusammen reisen können, aber gehen würde ich alleine. Zu diesem Zeitpunkt glaubten die beiden noch nicht daran. Ich wurde vorher oft gefragt, ob ich mich selber finden wolle und deswegen den Weg gehen würde. Nein, ich wusste mittlerweile, was ich mag und was nicht. Aber in meinem Leben ging alles in einem enormen Tempo. Ich wollte einmal versuchen, etwas langsam zu machen und so ans Ziel kommen. Und es hat funktioniert. Ich habe sämtliche Entscheidungen in meinem Leben überstürzt und schnell entschieden. Doch seit dem Jakobsweg gehe ich langsamer durchs Leben. Ich bin noch nicht perfekt, aber ich bin besser geworden und es funktioniert. Und das ist total schön.

Tante Sina und Mutschka guckten also nicht schlecht, als ich mich am ersten Morgen verabschiedete und sagte, dass wir uns nachmittags in der Herberge treffen. Sie gingen die ersten beiden Tage gemeinsam. Am dritten Tag ergab es sich, dass Tante Sina alleine ging. Sie genoss es wahnsinnig und ging von da an alle weiteren Tage allein. An diesem Tag ist irgendetwas mit ihr passiert. Sie strahlte. Meines Erachtens hat sie der Weg schon verändert. Und ich freue mich, dabei gewesen zu sein. Wir hatten nie eine schlechte Beziehung zueinander, aber auch nicht die engste. Seit diesem Abenteuer habe ich allerdings das Gefühl, dass wir uns viel näher stehen und das freut mich sehr. Welche Zutat sie für meine Leben ist? Sie ist ebenfalls eine lange Konstante. Sie kennt mich seit ich auf der Welt bin. Ich denke, dass wir uns lange nicht gegenseitig wahrgenommen haben, aber irgendwie immer mochten. Jetzt ist sie 60 Jahre alt und wir nehmen uns mehr wahr als je zuvor. Es ist egal in welchem

Alter oder Lebensabschnitt man sich befindet. Es ist nie zu spät um sein Glück oder seine Zufriedenheit zu finden.

Kapitel 22

meine Taufe

Schon als Kind betete ich regelmäßig und lernte das Vater Unser. Ich tat dies nur aus Intuition. In meiner Familie spielte Religion keine Rolle. Auch später war diese lange kein Thema für mich.
Erst als wir wieder in Rostock wohnten, kam ich mit unserer Stadtteilgemeinde in Berührung.
Die Kinder nahmen an Freizeitaktivitäten der Gemeinde teil. Ich begann, im Chor zu singen. Ich beschäftigte mich mehr und mehr mit mir und meinem Glauben. Ich bin auch heute noch der Ansicht, dass der eigene Glauben nicht durch eine Taufe besiegelt werden muss. Doch trotzdem war es für mich und meine Tochter ein wichtiges Ereignis, als wir uns im März 2018 taufen ließen. Es war ein wunderschöner Tag, den viele unserer Lieben begleiteten. Emilia und ich zelebrieren diesen Tag jedes Jahr aufs Neue und freuen uns über diese Zutat.

Kapitel 23

Bärbel, Ulf, Gisela und Sina

Diese vier kennen mich seit ich 15 Jahre alt bin. Boris war meine erste große Liebe. Sina ist seine Schwester, Gisela seine Mutter und Bärbel und Ulf ganz enge liebe Freunde von ihnen. Ja, wir sind nicht verwandt, nicht verschwägert, aber wir sind immer noch befreundet. Auch wenn ich Gisela und Sina nur ein oder zweimal im Jahr sehe. Sie gehören zu den Menschen, die man auch zehn Jahre nicht sehen müsste und sich dann trotzdem soviel zu erzählen hat und es sich so vertraut anfühlt, als wenn man sie gestern das letzte Mal gesehen hat.

Bärbel und Ulf sehe ich mehr oder weniger regelmäßig. Auch wenn unsere Freundschaft manchmal oberflächlich war, habe ich das Gefühl, dass sie immer wichtig für uns war. Mittlerweile ist sie nicht mehr oberflächlich. Sie behandeln mich wie eine eigene Tochter und sind immer für mich da, wenn ich sie brauche. Und manchmal grillen wir auch einfach nur und genießen es, dass wir uns sehen.

Für mich ist es immer wieder faszinierend, wenn ich daran denke, wie wir uns kennengelernt haben. Dass wir immer noch und viel intensiver Kontakt haben als vor über 20 Jahren, finde ich einfach nur wundervoll.

Ich danke den beiden, dass es sie gibt und hoffe,

dass auch ich immer einen Teil dazu beitragen kann, dass sie ein Stück glücklicher sind.

Kapitel 24

Imke, Jo und Maria

Die drei lernte ich so ziemlich zum gleichen Zeitpunkt vorerst auf beruflicher Ebene kennen.
Sie waren so ganz anders als ich. Sie waren sportlich, distanziert und eher alternativ. Aber die Chemie stimmte irgendwie von Anfang an. Mittlerweile sind Jo und Imke sehr enge Freunde von mir, mit denen ich über alles reden kann. Sie sind immer für mich da und helfen, wo sie können. Sie sind Zutaten, die man nicht im Regal stehen hat, die aber das Gericht wahnsinnig interessant machen. Die beiden sind der Grund, weshalb ich heute ein Board zum Stand Up-Paddeln besitze. Denn nur weil sie mich immer wieder ermutigt haben, wieder auf das Brett zu steigen, kann ich mich heute überhaupt etwas auf dem Brett halten. Und das liebe ich. Es macht mich glücklich. Also vielen Dank nochmal ihr beiden.
Maria war die Dritte im Bunde. Sie war zum Anfang sehr unscheinbar und ruhig mir gegenüber. Wir sind uns eigentlich erst näher gekommen, weil es in ihrem Leben ein paar Einschnitte gab, die sie

aus der Bahn geworfen haben. Aber hätte es diese nicht gegeben, wären wir heute wahrscheinlich gar nicht mehr befreundet. So wurden wir aufgrund unserer negativen Erfahrungen immer enger verbunden und fanden dadurch dieses Glück des gemeinsamen Erstrahlens. So saßen wir von Jahr zu Jahr und überlegen uns was wir noch verbessern und verändern müssen, damit es uns besser geht. Und in diesem Jahr im Februar saßen wir beide zufrieden auf einer Terrasse in Dänemark und beschlossen, dass wir gut sind, so wie wir sind.

Kapitel 25

Michaela

Michaela ist eine Freundin, die ich im Abendstudium kennengelernt habe. Sie ist eine Persönlichkeit. Schon in den ersten Unterrichtsstunden war ich teilweise irritiert, aber auch fasziniert von ihrer Ausdrucksweise und ihrem Auftreten. Sie ist die Art von Mensch, die den Raum betritt und alle Menschen erst einmal aufgucken lässt. Sie ist eine kleine Perfektionistin, sie steht sich manchmal selbst etwas im Weg mit ihrem Drang, alles Mögliche zu erreichen, dabei Liebe zu bekommen und alle um sich herum glücklich und zufrieden zu machen. Das beste Beispiel ist immer noch, als Michaela einmal Freunde und Familie zum Martinsgansessen einlud. Sie zauberte ein festliches Menü und verbrachte Stunden in der Küche. Jens und ich waren damals auch eingeladen. Wir hatten die damals 2jährige Emilia dabei, die natürlich regelmäßige Mahlzeiten gewohnt war. Da das Festessen aber erst nachmittags fertig war, gab es halt irgendwie Brot und einen Spaziergang, damit wir Michaela in Ruhe weiter vorbereiten lassen konnten. Im Nachhinein klingt das sehr lustig, während es an dem Tag schon einen gewissen Stresspegel in uns verursachte. Letztendlich denke so gerne an diesen Tag zurück. Michaela wollte

diesen Tag so perfekt für uns alle machen. Das Essen war auch wirklich gut, aber letztlich war es die Mühe und die Liebe, die diesen Tag so wunderschön gemacht haben.
Und ja, liebe Michaela, es ist nicht wichtig, was auf dem Tisch steht, sondern wer mit am Tisch sitzt. Und das merken wir, denke ich, heute noch regelmäßig, wenn wir zusammen sind. Ob wir nun gemeinsam Stand-Up-Paddeln oder Knäcke backen. Es ist einfach nur schön, wenn wir zusammen sind.

Kapitel 26

Johanna

Johanna ist noch die „frischeste“ Freundin in dieser Runde. Sie kam auf einmal auf meinem Arbeitsplatz in mein Leben. Sie war anfangs unscheinbar und wir lernten uns nur näher kennen, weil wir irgendwann mal übers Wandern sprachen. Mittlerweile möchte ich sie nicht mehr aus meinem Leben wegdenken. Denn sie tickt so gleich wie ich. Mit ihr ist es auch immer einfach und unkompliziert. Mit ihr kann man herumspinnen und herumphilosophieren. Sie ist immer zur richtigen Zeit da, sagt dann auch noch das Richtige und dann auch mal nicht da, wenn man es braucht.
Ich hoffe, dass wir noch viele spannende Jahre und Projekte miteinander erleben. Aber ich bin mir sicher, dass wir das werden.

Kapitel 27

Tante Heike und Onkel Bernd

Tante Heike und Onkel Bernd lernte ich kennen, als ich sieben Jahre alt war. Onkel Bernd war der Bruder von meinem Paps. Sie nahmen mich bedenkenlos in ihre Verwandtschaft auf, auch wenn ich „nur“ angeheiratet war. Auch hatten sie zwei wundervolle Mädchen, die auch heute noch sehr wichtig für mich sind. Diese beiden kleinen Cousinen sind mittlerweile natürlich nicht mehr klein. Aber wundervoll und bewundernswert sind sie immer noch.

Mit Onkel Bernd hatte ich stets eine besondere Verbundenheit. Spätestens als er drei Jahre in Hamburg bei uns um die Ecke wohnte, intensivierte sich unsere Beziehung noch mehr. Auch Jens war eng mit ihm befreundet.

Umso schlimmer war es für uns beide, mit anzusehen, wie Onkel Bernd sich viel in seinem Leben verbog und nicht das Glück hatte, um die Stärke zu finden, gegen seine Krankheiten anzukämpfen. Er starb leider viel zu jung und ich bin noch heute traurig, wenn ich daran denke, dass wir ihm nicht genug helfen konnten. Aber das zeigt mir umso mehr, dass es egal ist, ob man männlich, weiblich, alleinstehend oder verheiratet ist. Jeder ist für sein Glück allein verantwortlich. Es ist wunderbar, wenn man die Zutaten bekommt, aber erkennen muss man sie ganz allein.

Tante Heike ist auch so eine Marke für sich. Sie weiß ganz genau, was sie braucht, um glücklich und zufrieden zu sein. Wir haben uns beide ganz doll lieb, auch wenn wir zeitlich manchmal etwas eingebunden sind. Wir freuen uns dafür um so mehr, wenn wir es dann mal schaffen, einen Abend in Ruhe miteinander zu erzählen oder in strömendem Regen mit dem Fahrrad durch die Gegend zu fahren. Tante Heike war der Grund, weshalb ich mich bei Tinder angemeldet habe.

Kapitel 28

Tinder, MV-Spion, Finya,... Dating-Portale

Ja, als ich dann also so getrennt von Jens war, habe ich überlegt, wie es denn weitergeht. Natürlich war das alles wieder viel zu überstürzt. Aber das war ja in meinem Leben nie anders. So meldete ich mich also bei mv-Spion an. Ich hatte von diesem Portal mal von meiner kleinen Schwester gehört. Es war damals ein Chatportal für Freunde und um Freunde zu finden. Da für mich klar war, dass ich erst mal keine ernsthafte Beziehung wollte, habe ich mich einfach mal überraschen lassen. Eigentlich war ich ganz schön erschreckt, denn irgendwie hatte sich das Ganze meines Erachtens als Sexportal entpuppt. Ich bekam komische Anfragen, ob ich für Geld gewisse Sachen machen würde. Viele verheiratete Männer, die die verschiedensten Bedürfnisse hatten, die in ihrer Ehe nicht erfüllt werden konnten. Es war echt erschreckend teilweise. Ich meldete mich nach kurzer Zeit wieder ab. Durch einen netten jungen Mann, mit dem ich mich ein paar Mal auf einen Spaziergang oder einen Wein getroffen habe, habe ich erfahren, dass es Finya gibt. Ein anscheinend etwas niveauvolleres Datingportal.

Der gute Mann war mir sehr wichtig in dieser Zeit. Er war ebenfalls relativ frisch getrennt, hatte das gleiche Kinder-Wechsel-Modell- Probleme wie ich,

und es tat einfach nur gut, sich über die Sachen auszutauschen, die uns beide bewegte. Es stellte sich nie die Frage, ob wir zusammenkommen würden und das war auch gut so. Ich denke aber, dass diejenige, die ihn mal bekommt, sich durchaus glücklich schätzen kann.
Letztlich war es bei Finya etwas angenehmer. Es gab auch ein paar Männer, die banal einfach nur Sex wollten. Doch die Mehrheit war irgendwie schon angenehmer. Außerdem lernte ich dort eine wunderbare Frau kennen. Sie war bzw. ist dort angemeldet, weil sie Freundschaften suchte. Ich habe sie bisher noch nie persönlich getroffen. Aber ich weiß, dass wir es irgendwann schaffen werden. Sie lebt seit Jahren in einer unglücklichen Beziehung und trennt sich nicht, da ihre Partnerin gesundheitlich nicht in der Lage ist, sich alleine zu versorgen. Ich finde es wahnsinnig groß, sein eigenes Leben so einzuschränken, obwohl man weiß, dass dies einen nicht glücklich macht. Ich hoffe, dass auch sie irgendwann dafür belohnt wird.
Aber auch Finya war irgendwie nicht das Wahre. Nachdem ich dann also erfahren habe, dass meine Tante mit einem Tinder-Typen im Urlaub ist, habe ich mir gedacht, dass ich das wohl auch mal ausprobieren müsste. So wischte ich auch Bilder nach rechts und links.
Irgendwie war dieses ganze Geschreibe und Gedate auf die Dauer aber wirklich anstrengend. So traf ich eins, zwei nette Männer, schrieb mit

ihnen, hatte auch eins,zwei lustige Sexdates. Aber glücklicher hat mich das irgendwie nicht gemacht. Ich war vielleicht mal kurzzeitig entspannter, vielleicht hatte ich auch das ein oder andere Mal ein paar Schmetterlinge im Bauch.
Ich muss ganz ehrlich sagen, dass ich niemals erwartet hätte, so viele interessante und nette Männer überhaupt kennenzulernen. Es passte vielleicht nicht immer. Aber trotzdem könnte ich wahrscheinlich ein eigenes Buch über interessante Gespräche, faszinierende Begegnungen und auch wirklich tiefgründigen Schriftwechsel schreiben. Ich war wirklich sehr überrascht. Ich bin immer noch bzw. wieder bei mv-spion angemeldet. Nicht weil ich dort einen Partner suche, sondern weil ich einfach auf einige nette Menschen nicht verzichten möchte.
Aber irgendwie war das alles nicht die Erfüllung. Ich wollte mich also wirklich gerade abmelden, als so ein komischer alter dicker Mann auf meinem Handy aufblinkte....

Kapitel 29

Achim

Er hieß Achim und hatte wahrscheinlich das schlimmste Foto ausgewählt, was er irgendwo finden konnte. Ich kann bis heute nicht erklären, warum ich ihn geliked habe. Aber irgendwie hat er

mich angesprochen.
Wir haben nur zwei Tage hin und her geschrieben bevor wir uns das erste Mal gesehen haben.
Ich war bis zu diesem Zeitpunkt kein Mensch, der an Liebe auf den ersten Blick oder Seelenverwandtschaft geglaubt hat. Aber als er dann vor mir stand, war ich schon ein bisschen perplex. Er war natürlich tausend mal schöner als auf seinem sonderbar ausgewähltem Tinder-Bild. Er strahlte mich an und ich strahlte zurück. Dann redete er wie ein Wasserfall, weil er so aufgeregt war. Ich dachte wirklich, ich würde an diesem Abend nicht zu Wort kommen. Aber als wir dann bei Kaffee und Apfelkuchen auf dem Steg am See saßen, legte sich seine Aufregung und wir lachten und erzählten einige Stunden. Ab diesem Zeitpunkt telefonierten wir eigentlich zu jeder möglichen Minute. Wir sahen uns spontan und geplant. Wir redeten über Gott und die Welt, über uns, über unsere Leben und alle, die dazu gehörten. Ich glaube, ich habe noch nie jemandem so viel in so kurzer Zeit von mir preisgegeben wie ihm. Und es ging ihm genauso. Wir hatten so viele Gemeinsamkeiten, dass es schon teilweise erschreckend war. Wir verstanden uns ohne dass einer etwas sagen musste. Wir planten kaum etwas, sondern machten einfach so wie es kam. Und das war dann auch richtig und gut.
Wenn wir uns nicht sehen konnten, telefonierten wir stundenlang. Geschlafen haben wir beide in dieser Zeit sehr wenig. Denn sobald einer wach

war, war es der andere auch. Wir redeten dann mitten in der Nacht oder am frühen Morgen. Marie fragte mich oft, was wir uns denn die ganze Zeit erzählen. Wir erzählten über alles. Es war so leicht und einfach. Es fühlte sich einfach nur gut an. Wir flogen einfach so durch die Welt und freuten uns über jede Minute, jede Stunde und jeden Tag, die wir zusammen verbringen konnten. Aber egal wie lange wir uns sahen, es war immer zu kurz, denn wir hatten uns noch so viel zu erzählen. So flogen wir durch die Zeit.
Ich hatte so etwas noch nie erlebt und ich wusste es auch nicht richtig einzuordnen. Mittlerweile denke ich wirklich, dass er mein Spiegelbild ist. Was immer das auch für die Zukunft bedeutet. Ich bin wahnsinnig froh, dieses Erlebnis gehabt zu haben. Wir sind nicht mehr zusammen. Es gab ein böses Ende mit ganz vielen Tränen und auch Lachen. Unser Abschiedsgespräch war fünf Stunden lang. Und auch dieses war natürlich schön. Wahrscheinlich könnte ich dieses Buch damit füllen, über diese Erfahrung zu schreiben, aber das ist nicht der Gedanke dieses Buches.
Achim ist genau im richtigen Moment in mein Leben getreten. Durch ihn habe ich mich verändert und somit auch meine Lieben. Er hat mir gezeigt, dass es gut so ist, wie ich bin. Er hat mich verstanden, egal wie wirr ich mich ausgedrückt habe. Und dieses Gefühl hatte ich bisher bei keinem. Es gab immer gute Freunde in meinem Leben, die mich gut verstehen. Aber niemand hat

so gedacht und gehandelt wie ich.

Auch wenn die ganze Erfahrung nicht positiv im Sinne einer Beziehung geendet hat, war sie für mich mehr als positiv. Sie hat dazu geführt, dass ich mich selber mag. Wer sich nicht selber mag bzw. liebt, kann das nicht nachvollziehen. Aber es ist mehr wert als die Liebe zu irgendeinem Partner. Dafür danke ich ihm von ganzem Herzen.

Was war Achim also für eine Zutat? Er war das Sahnehäubchen zu meinem eigenen Glück. Das was fehlte, damit ich das genießen kann, was ich schon habe. Denn ich bin wahnsinnig reich an guten Freunden, lieber Familie und wunderbaren Bekannten.

Im Februar war es die Idee eine Rezeptsammlung für die rundenden Geburtstagskinder Lisa, Corinna, Maria und Marie zu schreiben. Sie waren immer regelmäßig Teil meiner Kochkurse. Jetzt ist das ganze keine Rezeptsammlung mehr. Aber ich denke, dass ich so viel mehr sinnvolle Zutaten für das Leben aufzeigen konnte als nur ein Gericht. Das wichtige ist nicht, die Zutaten im Schrank zu haben, sondern die richtigen zu erkennen und sie anzunehmen. Es gibt keine Suppe, die nicht versalzen werden kann, aber man kann jedes

Gericht irgendwie retten und zu einem zauberhaftem Mahl zubereiten. Ich bin dankbar für jede Zutat in meinem bisherigen Leben und gespannt auf alle neuen und alten, die noch folgen. Ich freue mich und bin gespannt auf neue Kreationen und Geschmacksexplosionen.

Epilog

Ich habe in diesem Buch einige Namen geändert. Aber wer sich erkennen möchte, der wird das auch tun. Ich hoffe, dass keiner der Beteiligten mir das übel nimmt. Außerdem habe ich bestimmt ganz viele wichtige Menschen vergessen. Aber vielleicht schreibe ich ja irgendwann einen zweiten Teil mit den anderen wichtigen Personen ;) Es gibt so viele Menschen, die in meinem Leben eine wichtige Rolle spielen und gespielt haben, auch wenn ich sie manchmal erst später erkannt habe. Ich freue mich, dass ihr alle Teil meines Glücks gewesen seid und es auch noch weiter sein werdet.

Ich kann jetzt mit Gewissheit sagen, dass ich ich ein glücklicher und zufriedener Mensch bin. Dies passiert einmal durch die Zutaten, die mir das Leben bereitstellt, ob es nun Freunde, Arbeit oder Freizeitaktivitäten sind. Auf der anderen Seiten sind es aber auch die Sachen, die ich gerne mache. Ich koche nur das, was ich auch esse. Das heißt, wenn ich keine Lust habe, bestimmte Sachen zu machen, dann mache ich sie einfach nicht. Deswegen sage ich dann auch mal Termine ab, weil sie einfach gerade nicht passen. Diese Form der Abgrenzung und des Nein-Sagens waren für mich jahrelang nicht möglich oder unhöflich. Jetzt weiß ich, dass sie notwendig sind für mich und auch für mein Gegenüber. Denn wer will schon eine halbfertige oder versalzene Suppe essen, die vielleicht schnell runtergeschlungen

werden muss, weil nicht genug Zeit zum Genießen ist.
Es ist deswegen noch lange nicht jeder Tag schön und perfekt, aber die Aussicht auf ein neues zauberhaftes Mahl lässt mich auch angebrannte Gerichte ertragen und manchmal auch mit einem Lächeln das Feuer löschen.
Auch ich bin nicht annähernd perfekt. Ich rauche noch, wiege zu viel und bin immer noch oft ungeduldig. Aber diese Ecken und Kanten machen uns doch auch irgendwie aus, oder?

Ich bin mir nicht sicher, wie dieses Buch bei dem ein oder anderen ankommt, aber letztlich ist es mir auch egal. Ich erzähle seit vielen Jahren, dass ich irgendwann ein Buch schreiben will. Doch hatte ich nie ein Thema. Außerdem bin ich so normal wie jeder andere und habe nichts Besonderes zu erzählen. Außer von meinem Leben - und das ist auch gut so wie es ist.